KB062750

공중에 매달린 사내들

공중에 매달린 사내들

김상하 장편소설

창해

작가의 말

•

대뇌의 생존전략은 익숙해지는 겁니다.

새로운 것에 놀라고,

그걸 잊어버리지 않으면 뇌가 터져버리거든요.

그래서 사는 게 힘든 모양입니다.

여전히 진통제로 가라앉지 않는 두통과

늘 동행하고 있거든요.

하지만 따분한 것보다는 그게 나아요.

살아있다는 걸 느끼게 해주니까.

차례

1

젓꼭지 때문이라니

- 신분증이 없는데 주인을 어떻게 찾죠?

경찰은 강진을 쏘아보며 말했다.

- 똑똑한 학생이군. 좋은 질문이야. 여기 가방에 묻어 있는 지문을 채취해서 조회하면 누구 건지 알 수 있어. 너희 지문도 여기 묻었으니까 어느 학교에 다니고, 이름이 뭔지도 금방 다 나와.

강진이 손을 내저었다.

- 훔친 거 아네요. 얘들아 맞지?

*

강진(剛進)은 며칠째 젖꼭지 때문에 고통을 겪고 있었다. 남자가 젖꼭지로 고통을 겪는다는 게 이해되지 않겠지만 그에게는 인생이 걸려 있는 일이었다. 성형수술이나 이식시술로 치료하는 것도 만만치 않았다. 통증은 없었고, 일부러 드러내지 않는 한 누가 쳐다보는 게 아니었기에 의학적 치료보다 정신적으로 극복해야 할 문제였다.

강진이 그렇게 고통의 나날을 보내고 있을 즈음, 고위공직자 범죄수사처가 출범한다는 소식과 세계 최대 해상 풍력단지를 조성해 친환경 에너지 공급으로 원자력의 위험에서 벗어날 수 있다는 뉴스가 연일 보도되었다. 코로나 사태에도 불구하고 OECD 국가 가운데 우리나라가 최고의 경제성장률을 기록했다는 뉴스도 이어졌다. 버스든 택시든 뉴스를 실어 나르기 바빴다.

와이파이를 통해 지하철 승객들의 스마트폰으로도 빠르게 배달되었다. 명랑 뉴스가 차고 넘쳤다. 그런 뉴스도 강진의 고통을 덜어주진 못했다. 사실 뉴스가 무엇을 말하는 건지 관심도 없었다. 자신과 상관없는 이야기였다. 머릿속은 온통 젓꼭지 생각뿐이었다.

강진은 골목에 주저앉아 한숨을 내쉬고는 하늘을 올려다보았다. 튼튼하게 묶어놓았던 쇠밧줄이 뚝 끊어져 황도를 벗어난 태양이 머리 위로 추락하고 있었다. 고압선 철탑은 정강이가 부러져 맥없이 무너졌다. 도로 옆의 건물도 휘청거렸다. 온갖 간판들이 삐라처럼 허공을 날아다녔다. 헛것들이 귀신처럼 넘실댔다. 젓꼭지 때문이었다. 처음 겪어보는 현실이었다.

강진은 자리에서 일어서려고 했지만 몸이 움직여지지 않았다. 얼마 전까지 계단을 오를 때, 마치 모천으로 회귀하는 연어처럼 기운이 넘쳤지만 지금은 힘이 하나도 없었다. 배터리가 완전 방전된 거였다. 사임이 집을 나가버리자 살아 있어도 사는 게 아니었다. 사임은 강진에게 세상을 살아가는 에너지였고, 존재의 이유였다. 매일 힘들게 배달하며, 언젠가 중국집을 차릴 계획도 사임 때문에 가능한 거였다. 이젠 마트에서 함께 쇼핑하기, 즐겁게 식사하기, 벽에 나란히 기대어 TV보기, 함께 잠자리 들기 같은 일상의 폴더가 모니터에서 삭제된 거나 마찬가지였다. 실시간으로 곁에 있던 그녀가 완전히 사라진 거다.

그녀가 없는 집은 썰렁한 감옥이었다. 살아갈 의욕을 상실하고, 허방에 빠져 허우적거렸다. 사임이 떠난 건 돈이나 성격 차이 같은 문제가 아니었다. 돈이라면 벌면 되고, 성격 탓이라면 고치면 되지만 젖꼭지 때문이라는 데에는 어찌해 볼 도리가 없었다.

- 네 젖꼭지엔 좀비가 들어 있는 거 같아. 반쪽만 있고 말라 쪼그라졌잖아. 거기다 각질이 생기는 건 또 뭐니? 하긴 저주받은 젖꼭지인데 뭔 말을 하겠어. 깔끔하게 헤어지자.

강진의 젖꼭지가 특이하긴 했다. 양쪽 젖꼭지가 반쪽씩만 있었다. 45도 각도로 삭둑 잘려서 위쪽만 있고, 아래쪽은 지우개로 쓱 지운 것처럼 아예 없었다. 유전자가 젖꼭지를 만들다 깜빡한 건지 아니면 신인류의 모델인 건지 모르겠으나 하여튼 희한했다.

남은 반쪽의 젖꼭지도 쪼글쪼글한 건포도 같았고, 말라비틀어진 번데기처럼 보이기도 했다. 또 어떤 때는 페넥 여우의 눈처럼 보였다가 힘을 주면 돼지가 지그시 눈을 감고 웃는 모양으로 변하기도 했다. 유두 함몰이면 교정 시술로 간단히 고칠 수 있지만 그런 게 아니었다. 양쪽 가슴에 사선 형태의 좌우대칭으로 붙어 있는 반쪽 젖꼭지는 누가 보아도 특이했다. 생김새를 한마디로 정의 내리는 것도 쉽지 않았다.

사실 강진은 자신의 젖꼭지가 조금 특이하게 생기긴 했지만 크게 신경 쓰지 않았다. 애기한테 수유할 것도 아니고, 상의를 훌렁 벗고 사진을 찍는 모델이 될 일도 없었다. 젖꼭지 때문에 섹스를 하는데 방해되는 것도 아니었다. 주민센터에 등본을 떼러갔을 때나 보건소에서 예방주사를 맞을 때도 반쪽짜리 젖꼭지가 문제되지는 않았다. 어쩌다 찜질방과 대중목욕탕을 이용할 때 간혹 남들의 시선을 받기는 했지만 젖꼭지 때문에 출입금지를 당하는 것도 아니었다.

하지만 사임이 젖꼭지에 대해 불평을 늘어놓기 시작하면서 신경이 쓰였다. 불평이 계속되자 강진도 자신의 젖꼭지에 무슨 문제가 있는 건 아닌가 하는 의구심이 들기 시작했다. 남들과 다르게 생긴 데다 사임이 자꾸 트집을 잡으니 그런 생각을 하지 않을 수 없었다.

그렇게 온통 젖꼭지에 생각이 빠져 있다 보니 가끔 배달하는데 실수를 범하기도 했다. 자장면과 짬뽕을 바꿔 배달하고, 단무지를 빼놓을 때도 있었다. 자장면과 짬뽕을 시켰는데 단무지가 빠졌다는 건 라면에 스프가 없는 것과 같았다. 이전에는 한 번도 없었던 일이었다.

병원을 찾아다닌 건 그때부터였다. 가만히 있을 수 없었다. 하지만 전문의를 찾아가 상담했지만 뾰족한 해결책은 들을 수 없었다.

남자의 비대해진 유두를 절개해서 봉합하는 시술은 여러 병원에서 행해지고 있었지만, 반쪽 젖꼭지를 시술해주는 곳은 찾기 어려웠다. 몇몇 전문의는 진료보다 호기심을 노골적으로 드러냈다.

뭐 이런 젖꼭지가 다 있어, 하는 눈빛이 역력했다. 생태계 교란으로 나타난 변종 기생충이라도 본 듯이 핀셋으로 꾹꾹 눌러보았다. 강진은 모욕감이 들었지만 진료과정이려니 싶어 참을 수밖에 없었다. 나중에 임상자료로 쓰겠다며 사진을 찍어도 되겠냐고 무례를 범하는 의사도 있었다.

젖꼭지를 보자마자 웃음을 참지 못하고 손으로 입을 가리며 키득키득하는 간호사도 적지 않았다. 정상적인 젖꼭지를 가진 자들의 특권이라도 되는 듯 혀끝을 차며 쏘아보기도 했다. 욕을 퍼붓고 싶었다.

하지만 어쩌랴. 그렇게 타고난 걸.

누가 봐도 웃음이 나올 만했다. 젖꼭지가 강진한테는 절실한 문제였지만 의사나 간호사에겐 웃음거리였다. 어디를 가도 비슷한 반응을 보이자 병원을 찾아다니는 게 고역이었다. 그래도 포기할 수 없었다. 다행히 젖꼭지를 아예 도려내고 다른 신체 부위를 이식하면 가능할 것 같다는 전문의를 만나기도 했다. 하지만 희망은 반딧불처럼 잠깐 반짝했다가 이내 사그라졌다. 성공 확률이 너무 낫다며 끝내 고개를 저었다. 강진은 수술을 해달라고 고집을 부렸지만 메스를 들이대보겠다고 나서는 의사는 없었다.

강진은 7년 전 제주도로 여행 가서 스쿠버다이빙을 하던 중 바위틈에 있던 곰치한테 손을 디밀었다가 오른손 새끼손가락이 물려 절단된 적이 있었다. 사고를 당한 뒤 곧바로 오른발 새끼발가락을 잘라 손가락으로 봉합시키는데 성공했기에 젖꼭지도 가능할 거라 확신했다.

의술의 발달로 남자를 여자로 둔갑시켜버리고, 여자를 남자로 바꿔버리는 세상인데 반쪽짜리 젖꼭지쯤은 어려울 게 없을 거라 생각했다. 어떡하든지 완벽한 젖꼭지로 복원시키겠노라 이를 악물었다.

하지만 그런 조건을 충족시키려면 조직구조가 유사한 괄약근이나 입술 부위로 이식해야 한다는 의사 소견을 듣고는 아연실색했다. 괄약근을 도려낸다면 상시 기저귀를 차고 살아야 할 테고, 입술을 도려낸다면 히스 레저와 호아킨 피닉스가 연기했던 조커처럼 평생 현란한 화장을 하고 살아야 할지도 모를 일이었다.

강진은 의사들이 어딘지 모르게 자신의 젖꼭지를 기분전환용으로 의학적 모험을 하려는 게 아닌가 하는 의심마저 들었다. 강진의 젖꼭지를 본 의사들은 하나같이 고개를 저었다. 결국 정상적인 젖꼭지를 회복할 가능성이 거의 없다는 걸 받아들일 수밖에 없었다. 젖꼭지 기증자가 나타나면 어렵지 않게 문제를 해결할 수 있지만 어디에도 그런 기증자는 없었다. 의료계 역사상 젖꼭지 기증 사례 자체가 없었다.

의학적으로 해결 가능성이 희박하다는 걸 깨닫자 강진은 사임에게 읍소 전략을 펼쳤다. 외관상 기형적으로 생겼지만 그게 질병도 아니고, 선천적인 건데 자신한테만 책임지우는 게 너무 잔인하다고 눈물을 흘리며 매달렸다. 하지만 그녀가 떠나는 걸 막을 수 없었다.

- 상처 주고 싶지 않지만 젖꼭지를 온전하게 해놓으면 그때 돌아올게.

사임은 상처주고 싶지 않다는 말로 더 깊은 상처를 남기고 떠나버렸다. 젖꼭지를 원상회복시키면 돌아오겠다고 말했지만, 이미 의학적으로 젖꼭지 회복은 실현 불가능하다는 선고를 받았으니 그녀는 돌아올 리 만무했다. 사임이 집을 나간 뒤 강진은 거리를 헤매다 지하철역에서 쓰러져 노숙을 했다. 실성한 사람처럼 다니다가 옥탑방으로 돌아와서는 철문을 걸어 잠근 채 폐병환자처럼 시름시름 앓기도 했다.

혼자서 세상을 사는 건 의미가 없다는 생각에 극단적 선택의 문턱까지 다가가기도 했다. 하지만 차마 선을 넘지는 못했다. 젖꼭지 때문에 죽는 거라는 유서를 남기면 오히려 실없는 녀석으로 여길 게 뻔했다.

아니, 젖꼭지 때문에 죽었다고? 세상에 별 미친놈이 다 있네. 젖꼭지가 이상한 게 아니라 머리가 돈 거네.

죽어서까지 젖꼭지 때문에 웃음거리가 될 순 없었다.

하루아침에 아무런 연락 없이 강진이 사라지자 열불이 난 건 동방불패 중국집 사장이었다. 통화를 하려고 핸드폰으로 수십 번 걸었지만 연결되지 않았다. 중국집 배달원이 출근하지 않으니 마음 놓고 배달 주문을 받을 수 없었다.

코로나19 때문에 배달이 산더미처럼 밀려 있는데 속이 들끓었다. 대기업 택배회사도 라이더 구하는 게 어려운데 소규모의 중국집에서는 더 말할 나위 없었다. 당장 대타 라이더를 구하기가 어려울 뿐더러 구한다 해도 높은 인센티브를 줘야만 했다.

식용유가 떨어져 동네 마트로 가던 중에 때마침 강진의 친구인 중간(中間)을 만났다. 동방불패 중국집 사장은 마치 싸움을 걸듯이 거칠게 중간을 몰아세웠다.

"야, 강진이 이 새끼 어디 갔냐? 도대체 어디로 간 거냐니까!"

중간은 무슨 말인지 이해되지 않는다는 듯 멍한 표정이었다. 얼마 전까지만 해도 씽씽 오토바이를 타고 배달하던 강진이 어디 있냐고? 그걸 왜 자신한테 묻느냐는 눈빛을 띠며 느릿느릿 주머니를 뒤적였다. 중국집 사장은 애먼 중간에게 족치듯이 다시 물었다.

"어디 갔나니까!"

중간은 손을 내밀었다.

"담배 한 대만 주면 안 될까요?"

그렇지 않아도 머리 뚜껑이 열릴 판인데 대답은커녕 버릇없이 담배 한 대 달라는 말에 동방불패 중국집 사장은 중간의 면상을 향해 주먹을 날렸다. 무방비 상태로 있던 중간이 대포알처럼 날아오는 펀치 한 방을 맞을 바로 그 순간, 옆을 지나던 하득(何得)이 사장의 팔을 붙잡았다.

"복수불반분(覆水不返盆). 쏟은 물은 다시 주워 담을 수 없는 법이유. 주먹 한 번 잘못 날렸다간 짜장면 오백 그릇이 훅 날아가유."

충청도 고유 억양의 느린 말투였지만 행동은 전광석화처럼 빨랐다. 거기다 틀린 말이 아니었다. 주먹이 살짝 스치기만 해도 전치 2주 정도의 진단서를 발급받는 건 어렵지 않았다. 그렇게 되면 합의를 해야 하는데 짜장면 오백 그릇으로는 어림없었다. 동방불패 중국집 사장의 주먹이 허공에서 부르르 떨었다. 하득이 중국집 사장의 팔을 붙잡고 말했다.

"참으세유."

말의 어간은 분명히 표준발음이었지만 종결어미에는 충청도 어투가 고스란히 남아 있었다. 서울말에 끼어 있는 새치 같았다. 의사소통에는 전혀 문제되지 않았지만 말이 엿가락처럼 늘어져 어눌하게 들렸다.

하득은 중간과 친구였고, 강진과도 친구였다. 그러니까 셋은 친구 사이였다. 사실 처음부터 친구는 아니었다. 지정학적으로 한 동네에 살다보니 같은 중학교와 고등학교까지 다니게 되었다. 특히 충청도 예산에서 서울로 이사 온 뒤, 하득이 가깝게 지낸 건 강진과 중간뿐이었다. 십대 또래의 아이들이 그렇듯이 종종 만화방과 피씨방에서 함께 컵라면을 먹고, 담배도 나눠 피우다 보니 어울리게 된 거였다.

특히 강진이 교무실에서 벌을 받다가 체육 선생의 책상 위에 있는 담배를 슬쩍 훔쳐와 그걸 나눠 피운 이후로 부쩍 가까워졌다. 본인들은 별다른 사이가 아니라고 했지만, 주위에서 하도 셋을 친구라고 부르니까 어영부영 친구 사이로 굳어진 측면도 없지 않다.

셋이 어울려 다니면서도 중간과 하득은 강진한테 늘 피해의식 같은 게 있었다. 운명적으로 이름부터 강진한테 밀렸다. 강진이란 이름은 선두에 서서 강하게 밀고 나아가라는 의미다. 그런데 중간은 강진처럼 강하지도 않고 선두도 아닌 그야말로 어중간한 팔자였다.

그의 할아버지가 한국전쟁 때 빨간 완장을 차고 깝죽거리다 전쟁이 끝난 뒤 호되게 당한 트라우마가 있던 터라 어떤 일에도 앞에 나서지 말고, 그렇다고 너무 뒤쪽에서 헤매지도 말고 좌고우면 눈치껏 중간을 지키라는 뜻으로 지어준 이름이었다. 그의 아버지가 중간보다는 중용(中庸)이 낫지 않겠냐고 하자 철학적인 의미의 중용은 인생을 더 피곤하게 할 뿐이라고 단칼에 결정했다.

하득은 중간보다 더 맥을 못 추는 이름이었다. 그의 아버지는 일찍이 대대손손 살아온 예산에서 쌀 도매상, 식료품, 건축자재, 주류도매 같은 다양한 사업을 펼쳤지만 남은 건 빚뿐이었다. 비즈니스 능력이 뛰어난 것도 아니고, 사업보다 마시고 노는 걸 더 좋아하다보니 당연한 결과였다. 집안이 빚더미에 올라앉았을 때 태어난 늦둥이가 하득이었다.

어려운 시기에 세상 빛을 본 아이한테 살아가면서 무엇을 어떻게 얻을 것인지 생각하라는 계도적인 의미로 붙여준 이름이었다. 그러니까 가진 게 한 푼도 없는 빈털터리에서 지어진 이름이 하득이었다. 강진도, 중간도, 하득의 이름도 자신들 마음대로 지은 건 통제 받지 않는 어른들의 권력이었다.

특이한 건 하득이 한자를 많이 알고 있었는데, 그건 그의 부친이 벌인 한자 학습서 출판사업의 영향 때문이었다. 그의 아버지는 친인척들로부터 돈을 빌려 새로운 포부를 가지고 삶의 터전을 서울로 옮겼다. 하득이 초등학교 6학년 때였다.

아버지가 서울에서 벌인 사업은 학습서 출판이었다. 영어나 수학은 경쟁이 워낙 심하고, 이미 대형출판사가 점유하고 있는 터라 승산이 없다고 판단했다. 한자 학습서는 달랐다. 희소가치가 있어 틈새시장을 파고드는 데 딱 적격이란 것이었다. 서울은 사교육의 전쟁터이고, 강남은 맹모삼천지교의 성지가 아니던가. 그럴듯한 아이디어였다. 더구나 하득의 증조부께서 마을 서당의 훈장이었던 터라 한자는 익숙했고, 그만큼 자신감도 있었다.

제일 먼저 그림으로 그려서 뜻을 알기 쉽게 풀이한 천자문 학습서를 주력 상품으로 출판했다. 조선시대 아이들의 학습서인 《동몽선습》과 선현들이 남긴 명언집이라고 할 수 있는 《명심보감》도 서점가에 내놓았다.

뜻은 좋았지만 사업 결과는 처참했다. 그래도 하득에겐 상당한 한자 실력을 남겨주었다. 안방과 거실, 부엌과 화장실까지 집 안이 온통 한자 카드로 도배돼 있었으니 한자 실력이 느는 건 당연했다. 어디서 주워들었는지 양주동 박사가 〈향가〉를 최초로 해독할 때 가족을 총동원해서 온 집 안에 자료를 붙여놓고 작업한 수법을 흉내냈지만 그게 돈을 벌어주진 않았다. 어쨌든 하득이 툭하면 한자 성어를 섞어 쓰는 건 전혀 이상한 일이 아니었다.

중간과 하득이 강진한테 성명학적으로 한 끗발 밀리는 게 비과학적이라고 할 수도 있지만, 세 친구의 삶의 여정을 보면 꼭 그렇지만도 않았다. 고등학교 때 하득과 중간의 성적은 전 학년 삼백등 후미권을 벗어나지 못했다. 그에 비해서 강진은 늘 이백등권을 유지했다. 대부분의 시간을 셋이 어울려 보냈고, 공부도 열심히 하지 않았기에 강진은 두 친구의 부러움과 질시를 동시에 받아야만 했다. 강진의 성적이 기회비용으로 얻어진 결과가 아니었고, 노력의 대가도 아니었기에 더욱 그랬다.

특히 강진은 한 학기만 다니고 그만뒀지만 전문대학에 입학까지 했다. 중간과 하득은 꿈도 꾸지 못할 일이었다. 강진이 학교를 그만둔 것도 가성비가 낮은 대학에서 시간과 돈을 낭비하느니 차라리 일찌감치 현장에서 경험을 쌓는 게 낫다고 판단했기 때문이었다. 성적이 부진하거나 공부가 싫어서 그만둔 게 아니었다.

강진의 목표는 백 년까지 이어지는 중국집을 차리는 거였다. 생산적인 선택이고, 과감한 전략이었다. 뭔가 결정하고 강단 있게 몰아붙이는 걸 보면 강진이란 이름이 괜한 게 아니었다. 이름 때문에 그렇게 행동한 건지 그런 행동 때문에 이름이 돋보이는 건지 알 수 없지만 관계가 없다고 하긴 애매했다.

중간과 하득이 배달통을 든 강진을 놀리기라도 하면 그는 중국집의 경쟁력은 배달 속도에 있다며 정색했다. 어떤 땐 비닐 랩으로 짜장면을 포장하는 걸 보여주기도 했는데, 단 2초밖에 걸리지 않았다. 특별한 도구를 쓴 것도 아니었고, 그냥 맨손이었다. 봉에 걸린 랩을 재빠르게 당겨 식탁에 올려서 그릇을 감싼 뒤 손가락을 기술적으로 사용해 비닐을 순식간에 절단하는 걸 보면 탄성이 절로 나왔다. 생활의 달인이 따로 없었다.

오토바이를 타는 실력도 대단했다. 한 손으로만 핸들을 쥐었고, 양손을 다 놓고도 능숙하게 탔다. 특히 주문 양이 많아 오토바이 뒤에 싣는 것으로 턱없이 부족할 땐 한 손에 철가방까지 들고 배달했다. 한 손으로 언덕길도, 구불구불한 골목도 능숙하게 내달렸다. 그야말로 신속 배달의 전사였다.

– 빠른 배달이 고도의 전략이고, 생존 기술이야. 그러니까 배달로부터 시작해서 주방으로 입성하고 최종 중국집을 세우는 게 내 목표야. 음식은 요즘 사람들이 중요하게 생각하는 가치야. 그러니까 단순히 허기를 채우는 게 아니라 시각과 미각을 잘 살려야 돼. 중국집을 차리면 내 요리를 보자마자 사람들이 혀끝을 개꼬리처럼 막 흔들게 될 걸. 반경 4km는 깡그리 내 영역으로 만들어주겠어!

그런 포부를 가진 강진에 비해 중간과 하득은 취직하고는 거리가 멀었다. 몇 군데 직장을 다니기도 했지만 오래가지 않았다. 어쩌다 지인 소개로 택배와 편의점 알바도 했지만 일주일을 넘기지 못했다.

결정적으로 중간과 하득이 강진보다 성명학적인 은총을 덜 받았다는 증거는 여자를 사귀어 본 적이 전혀 없다는 거였다. 노력은 했지만 어떤 여자도 두 친구의 손을 잡아주지 않았다. 애인을 사귀어 본 적이 없으니 모태 솔로인 셈이었다. 거기에 비해 강진은 동거까지 하고 있었으니 두 친구와는 인생 궤도가 달랐다.

중간과 하득은 강진한테 성명학적인 피해의식을 가지고 있으면서도 함께 어울려 다닌 건 다 그만한 사연이 있기 때문이었다. 그러니까 고등학생 때 그들을 찐한 친구로 엮어준 건 먹자골목의 연탄구이집 셋째 딸 연희였다. 연희는 먹자골목의 황진이였다. 남자를 손바닥에 놓고 쥐락펴락하는 선수였다. 비음이 섞인 목소리로 살살 녹였다가 심기를 건드리면 뒤통수를 후려치기도 했다.

연희가 출렁거리는 가슴을 흔들며 눈웃음이라도 지으면 화산이 폭발할 것처럼 사내들의 심장은 요동쳤다. 연탄구이집에 남자 손님들이 넘쳐나는 건 다 그만한 이유가 있었다. 돼지고기보다 연희를 어떻게 한번 해볼까 하는 뜻을 품고 찾아오는 남자들이 적지 않았다. 사내들은 불판 위의 삼겹살을 뒤적이면서 힐끗, 소주잔을 입에 털어놓으면서도 슬쩍 연희를 쳐다보았다. 가까이서 얼굴 한 번 더 보겠다고 일부러 삼겹살을 주문하는 녀석들도 있었다. 그러고 보면 황진이보다 여왕벌이라는 별명이 더 적격이었다.

연희는 연탄구이집 딸답게 돼지고기를 무척 좋아했다. 특이한 부위를 좋아하는 게 인상적이었다. 바로 돼지 코였다.

- 씹을 때 아삭아삭한 게 맛이 죽여. 스테이크보다 열 배는 더 맛있어. 돼지 한 마리 잡아봤자 한 움큼밖에 안 나오기 때문에 팔지 않고 내가 먹어.

바로 뒤이어 아주 은밀하게 속삭였다.

- 근데 난 돼지 코보다 다이아가 더 좋아. 누가 다이아 반지를 준다면 팬티도 보여줄 수 있어. 진짜야.

연희는 유별난 여고생이었다. 특이한 식성은 말할 것도 없고, 이미 자기 과시의 사치가 주는 쾌락도 탐닉한 듯 싶었다. 강진과 중간이랑 하득한테도 툭하면 다이아몬드 반지를 주면 팬티를 보여주겠다고 서슴지 않고 말했다. 처음 들었을 땐 놀리려고 장난으로 하는 말인 줄 알았지만 표정을 보면 그런 것도 아니었다. 셋은 연희가 그 말을 할 때마다 절실하게 팬티를 보고 싶었지만 이룰 수 없는 꿈이었다. 다이아몬드는 본 적도 없고, 집 안을 홀랑 뒤집어 봐도 깨알만한 거 하나 나올 구석이 없었다.

연희는 셋을 교묘하게 부려먹었다. 냉동 탑차가 돼지고기를 신고 와서 저온냉장실에 입고할 때나 연탄을 들여쌓을 때도 셋을 동시에 끌어들였다. 주말에 불판을 닦는 건 말할 것도 없고, 식탁의 기름때를 벗겨내는 대청소를 할 때도 셋을 호출했다.

셋은 그걸 마다할 이유가 없었다. 어떡하든지 연희에게 잘 보여 좋은 점수를 따는 게 중요했다. 셋은 연희가 미끼를 던진다면 기필코 물어주겠다는 눈물겨운 노력을 하는 중이었다. 애인으로 선택받을 수만 있다면 뭐든지 할 태세였다.

보통의 고3 학생에게는 대학진학이 지상과제였지만 셋은 아니었다. 어떡하든 연희의 식민지가 되고 말겠다는 게 최종 목표였다. 하지만 이미 모든 게 교환가치와 세속적인 사치로 수렴돼 있는 그녀한테 아무리 몸부림쳐도 헛일이었다. 맨날 봉사하고, 웃겨줘 봤자 돈 있는 놈한테 갈 게 뻔했다. 출발부터 한계는 명확했다. 셋은 애초부터 연희의 특이한 식성과 사치스런 욕망을 채워줄 능력이 없었다. 더욱이 일류 대학을 갈 만큼 공부를 잘하는 것도 아니었으니 언감생심이었다.

그래도 강진은 포기하지 않았다.

- 저넌 빤스 보려면 보석가게를 털 수밖에 없어!

진짜 보석가게를 털 것처럼 단호한 표정이었다. 중간과 하득은 거의 동시에 맞장구쳤다.

- 나도 끼워 줘.

- 나두 갈 겨.

잔인한 가능성의 끝은 오래가지 않는 법. 연희가 의대생을 사귀고 있다는 소문이 돌았다. 셋은 그제야 지붕 위의 닭을 멀뚱하게 쳐다본 수많은 똥개 중 하나에 지나지 않는 신세임을 깨달았다. 셋은 연희를 욕하는 것도 이름처럼 달랐다.

강진은 칼처럼 간명했다.

- 씨발, 그년은 똥이야. 우리가 똥 밟은 거지.

중간은 고개를 갸웃했다.

- 세상엔 나쁜 똥도 있지만 예쁜 똥도 있어.

하득은 눈을 지그시 감고 말했다.

- 난중지난(難中之難)인 겨. 참 어렵고도 어렵네. 근데 나쁜 똥이란 읎어. 나쁘게 말하는 사람만 있는 겨.

강진은 칼로 자르듯 마음을 정리했고, 중간은 혹시나 하는 가능성을 반쯤 남겨 두었지만 하득은 끝내 미련을 버리지 못했다. 어쨌든 연희에게로 향하던 연정이 끊어지자 셋은 외로웠다. 아니 외로운 게 아니라 가슴에 상처가 났다. 상처는 얼룩이 아니기에 쉽게 지워지지 않는 법. 그걸 보듬어주는 게 필요했다.

중간고사를 앞두고 다른 학생들은 점수 올리는데 혈안이 돼 있었지만 셋은 시험에 관심이 없었다. 연희로부터 입은 상처를 보듬는 게 더 중요했다. 셋은 어둑어둑 날이 어두워지자 쓸쓸한 마음을 달래려고 소주 몇 병과 치킨을 사들고 한강 이촌공원으로 가기 위해 동작대교를 건너는 중이었다.

굳이 이촌공원으로 가는 이유는 술 마시는데 안성맞춤이라는 거였다. 무엇보다 깻잎머리파처럼 노는 여자애들은 여의도공원보다 이촌공원을 즐겨찾기 때문에 헌팅하기 그만이라는 강진의 말에 혹하지 않을 수 없었다. 이의를 달고 말고 할 게 없었다. 꽃이 벌을 찾아가지 않으니 벌이 꽃을 찾아가야 하는 법.

셋이 다리를 건널 때 남단 교차로 옆에 그랜저가 비상등을 켠 채 주차돼 있었다. 차 안에는 운전자가 없었다. 셋은 무심하게 그냥 지나쳤다. 다리 중간쯤 다다랐을 때 누가 먼저랄 것도 없이 세 사람의 시선이 거의 동시에 한곳에 꽂혔다. 바닥에 뒤축이 닳고 닳은 검정색 구두 한 짝과 밤색 구두 한 짝이 널브러져 있었다. 그 사이에 놓여 있는 회색 크로스백이 눈길을 확 잡아끌었다. 어떤 상황인지 설명하지 않아도 금방 알 수 있었다. 누군가 투신자살을 한 게 분명했다. 그것도 허겁지겁. 구두 색깔이 제각각인 게 조금 이상했지만 투신자살로 추정할 수밖에 없었다.

강진은 재빠르게 크로스백부터 챙겼다. 하득은 고개를 빼고 강물을 살펴보았다. 투신한 사람의 흔적을 찾아보는 중이었다. 중간은 크로스백을 챙긴 강진을 힐끔 쳐다보고는 하득과 나란히 다리 아래를 내려다보았다. 강물만 잔잔하게 흐를 뿐 눈에 띄는 건 없었다.

강진은 이쪽저쪽 한 번씩 살핀 뒤 크로스백을 열었다. 이내 눈이 휘둥그레졌다. 오만 원권과 만 원권 지폐가 가득 들어 있었다. 강진이 크로스백을 슬쩍 보여주자 중간과 하득도 놀란 표정이었다. 강진은 바닥에 뒹굴고 있는 구두를 집어서 강물로 휙 던져버렸다. 순식간의 일이었다.

- 가고 싶은 데로 가게 던져준 거야.

중간과 하득은 크로스백을 들고 있는 강진을 의아한 눈빛으로 쳐다보았다. 강진은 단호하게 말했다.

- 주인 없는 거잖아. 일단 공원 화장실로 가서 얼마인지 세어 보자.

하득이 느리게 말했다.

- 줍는 사람이 임자라지만 이건 애매한 겨.

중간은 짜증 섞인 소리를 냈다.

- 아, 난 모르겠다. 경찰한테 걸리면 어떡해.

강진이 혀끝을 찼다.

- 병신, 경찰이 어딨냐? 우리 셋뿐인데.

주변을 아무리 둘러보아도 차만 쌩쌩 달릴 뿐 다리를 건너는 사람은 그들 셋뿐이었다. 결국 이번에도 셋은 강진의 뜻대로 유원지 화장실로 들어갔다. 곧바로 돈을 꺼내 세어보았다.

사백팔십칠만 원.

고등학생으로서는 꿈에도 생각지 못한 엄청난 거액이었다. 유서도 없고, 신분을 확인할 만한 그 어떤 것도 들어 있지 않았다. 처음에는 조금 꺼림칙했지만 돈이 손에 쥐어지자 마음이 붕 뜨는 느낌이었다. 세상에 태어나서 처음으로 만져보는 큰돈이었다. 하지만 셋의 표정은 조금씩 달랐다. 돈을 어떻게 할 것인지 생각이 다 제각각이었다.

강진이 말했다.

- 주인을 찾아서 돈을 돌려주고 싶어도 방법이 없네. 아무것도 없잖아.

셋이 나누어 갖자는 말을 우회적으로 한 거였다. 하득은 느릿하게 말했다.

- 전복위화(轉福爲禍). 복이 화가 될 수도 있는 겨.

중간은 담배를 꺼내 입에 물며 말했다.

- 난 모르겠다. 너희들이 정해.

강진은 머뭇거리지 않고 이내 결론을 내렸다.

- 우리가 연희 그년한테 당한 걸 하늘이 알고 복을 준 거야. 그렇지 않고서야 이게 왜 거기 있겠어? 우선 백만 원씩 나눠 갖고 나머진 공동 활동비로 쓰자. 난 중고 오토바이 살 거니까 너희도 사고 싶은 거 사.

강진이 머뭇거리는 중간과 하득에게 백만 원씩 건네는 그 순간, 큰 용변을 보는 화장실문이 덜컹 열렸다. 경찰이 안에 서 있었다. 큰 용변을 보다가 셋이 나누는 이야기를 다 듣고 있었던 거다. 경찰 복장을 하고 있으니 경찰인 게 분명했다. 의심이고 뭐고 할 경황이 없었다. 셋은 그대로 얼어붙었다. 그야말로 벼락 맞은 것처럼 꼼짝 못했다.

- 가방을 주웠으면 신고부터 해야지. 그걸 나눠 가지면 점유이탈물 횡령죄로 콩밥 먹는 수가 있어.

경찰의 말투는 부드러웠지만 단호했다. 셋은 할 말이 없었다. 강진은 들고 있던 돈을 크로스백에 넣어 경찰한테 넘겨주며 말했다.

- 신분증이 없는데 주인을 어떻게 찾죠?

경찰은 강진을 쏘아보며 말했다.

- 똑똑한 학생이군. 좋은 질문이야. 여기 가방에 묻어 있는 지문을 채취해서 조회하면 누구 건지 알 수 있어. 너희 지문도 여기 묻었으니까 어느 학교에 다니고, 이름이 뭔지도 금방 다 나와.

강진이 손을 내저었다.

- 훔친 거 아녜요. 얘들아 맞지?

중간과 하득은 약간 겁에 질린 표정으로 고개를 끄덕였다. 경찰이 말했다.

- 나도 알아. 다 들었어. 길에서 주운 거라며.

경찰은 상의 주머니에서 펜과 명함 한 장을 꺼내 강진에게 내밀었다.

- 너희를 파출소로 연행해서 조서를 꾸며야 하는데, 지금 중요한 업무로 순찰 중이라 이름이랑 집 주소랑 전번을 적어주면 나중에 연락하마.

강진은 명함 뒷면에 이름과 주소, 그리고 전화번호를 적어 건네주었다.

- 착한 학생들이네. 표창장 줘야겠어.

경찰은 나이가 좀 들어보였고, 말할 때 입술이 아래위로 조금 삐뚤어졌다. 경찰은 강진의 등을 두드려주고는 화장실 밖으로 나갔다. 절뚝거리는 걸음걸이였다. 셋은 한참 동안 그 자리를 뜨지 못했다. 중간과 하득은 여전히 겁에 질린 표정이었다. 파출소에서 연락이 오면 어떻게 설명하고, 부모님한테는 또 뭐라고 말해야 할지 막막했다.

강진은 아쉬워하는 표정으로 계속 투덜거렸다.

- 에이씨, 에이씨!

좋다가 말았으니 그럴 만도 했다. 치킨을 안주 삼아 소주를 마셔야 할 이유 하나가 더 생긴 셈이었다. 강물이 훤히 보이는 잔디에 주저앉아 소주를 몇 잔씩 들이켰다. 심드렁한 강진과 달리 중간과 하득은 여전히 불안한 표정이었다. 부모님과 함께 파출소로 출두해야 할지도 모른다는 걱정을 떨쳐내지 못했다.

강진은 그런 중간과 하득을 불만스럽게 쳐다보며 신경질적으로 말했다.

- 아, 씨발. 연락 안 와.

중간이 기어들어가는 소리로 말했다.

- 주소랑 이름 적어줬잖아.

하득은 더 떨리는 목소리로 말했다.

- 전화번호도 적었잖여.

강진은 소주잔을 입에 털어 넣은 뒤 내뱉듯 말했다.

- 내가 약 먹었냐? 진짜로 적어주게. 다 가짜야. 구라 깠어.

강진의 말에 놀란 중간과 하득은 벌어진 입을 다물지 못했다. 그래도 불안한 마음을 떨치지 못한 하득이 말했다.

- 지문 조회하믄 어쩔 겨?

- 씨발, 하라 그래. 그땐 오리발 내밀 거니까. 검사에 오류 난 거다. 내꺼 아니다. 야, 쫄지 마! 우리가 사람 죽인 거도 아니고 훔친 거도 아니잖아.

강진의 말을 듣자 처음보단 표정이 풀어지기 시작했다. 소주와 치킨 맛이 입안으로 녹아들었다. 그때 하득이 느리게 말했다.

- 근데 아까 그 경찰 모자에 자율방범대(自律防犯隊)라고 써 있던데 그런 경찰도 있는 겨?

하득의 말에 강진의 눈이 순간 희번덕거렸다. 하긴 처음부터 뭔가 찜찜했다. 경황이 없어 경찰복과 비슷한 복장을 하고 있다는 사실 하나만으로 경찰이라고 믿어버린 거였다. 아이들로선 당연히 그럴 수밖에 없었다. 그런데 경찰이 아니라 민간 자율방범대원이라니.

강진은 확인하듯 물었다.

- 그 한자가 자율방범대인 게 확실해?

- 어, 자율방범대여.

- 짭새가 아니라 그냥 민간인이잖아.

속은 게 분명했다. 정말 경찰이었다면 파출소로 데려가 조서를 작성했을 테고, 그의 말대로 중요한 업무가 있다면 적어도 명함에 적어준 전화번호로 그 자리에서 신분을 확인했어야 마땅했다.

강진은 자리에서 벌떡 일어섰다. 그리고 화장실이 있는 쪽으로 헐레벌떡 뛰어갔다. 중간과 하득도 뒤따라 달려갔다. 아무도 없었다. 셋은 반경을 넓혀가며 한참 동안 찾아보았지만 자율방범대원은 보이지 않았다. 입은 삐뚤어졌지만 유실물은 파출소에 신고해야 한다는 바른 말을 남기고, 절뚝거리며 사라져버렸다. 절름발이와 삐뚤이의 이미지를 선명하게 각인시킨 채. 지우려고 해도 뇌리에서 결코 지워지지 않았다.

그로부터 사흘 뒤 구두와 크로스백의 주인이라고 특정할 만한 뉴스가 보도되었다. 동업을 하던 두 친구가 차를 타고 동작대교를 건너던 중 돈 문제로 싸우다가 강물로 떨어졌는데, 사망한 두 시신이 한강 하류에서 발견됐다는 것이었다. 그러니까 운전자가 동업자를 다리 중간쯤 떨궈 놓고 가던 중 마음이 변해 다리 남단 끝에 비상등을 켠 채 그랜저를 세워 놓고 다시 돌아가 설득시키려다 싸움으로 번진 거였다.

싸움 도중 한 친구가 다리 난간을 훌쩍 뛰어넘어 강물에 투신하는 극단적 선택을 하자 다른 친구가 이를 구하려고 함께 뛰어든 것이다. 순식간에 일어난 일이었다. 공교롭게 휴일이어서 차는 뜸했고, 보행자도 아예 없었기에 목격자가 없는 건 당연했다. CCTV가 설치돼 있었지만 거리가 너무 멀었고, 화상도 선명하지 않아 목격자인 셋을 찾아내는 건 쉽지 않았다. 더구나 시신을 발견했다는 뉴스는 세상의 이목을 끌지 못했고, 셋은 그런 뉴스조차 듣지 못했다. 고등학생이었기에 이해 못할 바도, 이상한 것도 아니었다.

그날 밤, 셋은 24시간 편의점 야외 테이블에 앉아 밤늦도록 캔맥주를 마시며 울분을 토해 냈다. 도축장으로 돼지를 싣고 가던 가축 운송차의 기사가 도로에 차를 세운 것도 그 즈음의 늦은 시간이었다.

운전기사는 담배와 마실 음료수를 사기 위해 잠시 멈춰 선 것이었다. 운전기사가 편의점으로 들어갔을 때 강진은 자리에서 일어나 슬그머니 운송차로 다가갔다. 그리고 재빠르게 운송차 뒷문의 고리를 활짝 열어젖혔다. 그리고 냅다 도망쳤다. 무슨 일인가 싶었던 중간과 하득도 이내 눈치 채고 강진의 뒤를 따라 달리기 시작했다.

운송차의 뒷문이 열리자 차 안에서 잔뜩 스트레스를 받고 있던 돼지 새끼들이 꽥꽥거리며 밖으로 뛰쳐나왔다. 갑자기 도로에는 수십 마리의 돼지 떼가 넘실거렸다. 돼지들은 사방으로 날뛰었다. 주차된 차를 들이받는 돼지도 있었고, 무턱대고 달리는 돼지도 있었다. 어슬렁거리는 돼지에, 바닥에 털썩 주저앉아 입에서 거품을 뿜어내는 돼지도 있었다. 그 와중에 기회를 잡았다는 듯 암돼지한테 올라타는 수퇘지도 있었다.

편의점 안에서 음료수를 마시던 운전기사는 뒤늦게 사태의 심각성을 알아채고 눈이 뒤집어졌다. 누가 신고를 했는지 이내 경찰차와 119 구조대 차량까지 도착했다. 경찰과 119 구조대는 돼지 체포에 정신없었고, 세 친구는 이미 시야에서 멀리 사라진 뒤였다.

동네 놀이터에 먼저 도착해 담배를 피우고 있는 강진에게 중간이 말했다.

- 씨발, 혼자만 신났네. 돼지도 한 마리 끌고 오지 그랬냐.

하득도 가만있지 않았다.

- 그 난리통에 암컷한테 올라타는 녀석이 있는 거 느들도 본겨? 징한 놈.

강진이 담배를 바닥에 버리고 발로 비벼 끄면서 말했다.

- 돼지가 불쌍하더라. 개네들 다 연희네 식당 같은 데로 팔려갈 거 아냐. 그래서 풀어준 거야. 근데 돼지 서너 마리 연희한테 갖다 주면 우리한테 빤스 보여줄까?

중간과 하득이 약속이나 한 듯이 말했다.

- 갠 다이아에 미친 애야.

- 맞아. 개 빤스 보려면 다이아밖에 읎는 겨.

강진이 한숨을 내쉬었다.

- 내가 언제고 꼭 한 번 털 거다. 다이아 가게.

중간과 하득이 맞장구를 쳤다.

- 그땐 우리랑 의논하고 털어. 오늘처럼 혼자 막 하지 말고.

- 넌 딱 독립군인 겨. 행동이 그려. 멋져 부러.

그 사건 이후로 셋은 더 가까워졌다. 자율방범대한테 당했다는 일종의 피해의식과 공범의식이 생겨 그게 끈끈한 결속력으로 이어졌다. 그날 이후로 그냥 셋이 아니라 세 친구로 업그레이드가 된 거다. 도원결의는 하지 않았어도 셋은 친구 이상의 동지가 되었다. 세 친구가 가끔 술을 마실 때, 미스터리한 크로스백과 자율방범대원을 안주거리로 삼았다.

고등학교를 졸업한 뒤 언젠가 하득은 궁금하다는 듯이 두 친구한테 물었던 적이 있었다.

- 그 돈 주인 찾아줬겠지?

강진은 단칼에 정리했다.

- 지랄하네. 그게 말이 되냐!

중간이 말했다.

- 반은 지가 갖고 반은 불우이웃돕기 같은 거 안 했을까?

강진은 콧구멍을 후비며 내뱉었다.

- 마누라한테 금반지를 사주든, 지가 술을 처먹든 지금 와서 그런 얘기해봤자 죽은 자식 부랄 만지는 거지.

세 친구는 낄낄거리고 웃다가 끝내는 순진하고 멍청했던 자신들을 멋쩍어했다.

그렇게 가까워진 친구인데 중간과 하득은 동방불패 중국집 사장한테 강진이 일주일 넘게 출근하지 않는다는 이야기를 뒤늦게 들은 거였다. 그것도 우연히. 중간과 하득은 강진한테 미안했다. 친구로서 실격이었다. 중간이 핸드폰의 단축키를 눌렀다. 강진의 전화번호가 떴지만 전원은 꺼져 있었다. 동방불패 중국집의 사장 말이 맞았다. 몇 번을 반복해서 눌러보았지만 연결할 수 없다는 멘트만 들렸다.

중간이 말했다.

"이게 도대체 뭔 일?"

하득이 느릿하게 대답했다.

"오리무중(五里霧中)인 겨."

중간과 하득은 누가 먼저랄 것도 없이 강진이 사는 옥탑방으로 발길을 옮겼다. 갑자기 비가 내리기 시작했다. 맑은 날씨가 지속될 거란 일기예보는 빗나갔다. 하기는 그런 게 어디 한두 번이던가. 살다보면 예보 없이 비가 쏟아지기도 하고, 멀쩡한 사람이 사라지기도 하는 거다.

골목길을 걸으면서 중간이 말했다.

"연희, 그년 보고 싶지 않니?"

하득은 한숨을 내쉬었다.

"푸우, 돈이 읎어서 밥 먹을 때도 슬프고 똥 눌 때도 슬픈 겨."

알 것도 같고, 무슨 뜻인지 모를 애매모호한 대답이었지만 산탄처럼 박혀 있는 슬픔이 묻어났다. 슬픔은 시간이 흐른다고 해서 없어지는 게 아니다. 단지 덮여 있거나 모른 척할 뿐이다. 두 친구는 부슬부슬 내리는 비를 맞으며 걸었다. 아주 느릿느릿하게.

2

옥탑방의 슬픈 파티

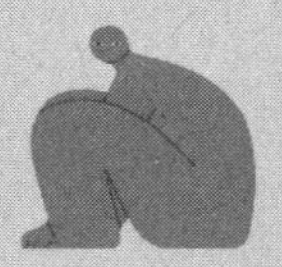

“너흰 유구무언(有口無言)인 겨. 반쪽이래도 양쪽 다 있고, 또 한쪽이라도 있으니까 할 말 읎는 겨. 씨부럴, 난 양쪽 다 읎어. 아무것도 읎다구.”
강진은 하득에게 러닝셔츠를 건네주고 웃옷까지 입혀준 뒤 어깨를 도닥거렸다. 중간도 그냥 보고만 있을 수 없었다. 하득을 안아주었다. 세 친구는 한동안 서로 부둥켜안은 채 말이 없었다. 할 말도 없었다. 하긴 어떤 말로도 위로가 되지 않을 게 뻔했다.

*

중간과 하득이 강진의 옥탑방에 도착했을 때 비는 멎어 있었다. 온몸이 비에 흠뻑 젖어 비루먹은 강아지 꼴이었다. 친구를 뒤늦게 찾아왔다는 게 미안하면서도 다른 한편으로는 뿌듯했다.

중간은 소주 다섯 병과 삼겹살이 들어 있는 검은 비닐봉지를 양손에 들고 있었다. 봉지 안에는 삼겹살과 함께 상추와 파절이, 그리고 마늘과 쌈장이 들어 있었다. 하득의 양손에도 편의점에서 만 원에 네 캔씩 파는 수입 맥주 여덟 개와 파리바게뜨 초코 생크림케이크가 들려 있었다. 사임이 좋아하는 케이크였다.

사임한테 밉보이거나 심기를 건드렸다간 강진을 만나는 건 어림없었다. 손에 잔뜩 들려 있는 건 정부에서 준 코로나 재난지원금을 반반씩 갹출해서 산 거였다. 아끼고 아꼈던 피 같은 돈이었다.

친구한테 대체 무슨 일이 생겼는지 찾아오는 건 마땅한 도리였다.

중간은 소주가 든 봉지를 바닥에 내려놓고 헛기침을 한 뒤, 철문을 몇 번 두드렸다. 대답이 없었다. 문틈으로 새나오던 TV 소리가 뚝 그쳤다. 안에 사람이 있다는 증거였다. 강진은 사임이 없는 집으로 간신히 돌아오긴 했지만, 혼자 있으면 눈물이 날 거 같아 늘 TV를 켜놓았다. 켜놓았을 뿐 화면에 시선은 거의 가지 않았다. 중간과 하득은 서로 눈치를 보며 기웃거렸다. 그렇게 서성대고 있을 때 철문이 열렸다. 강진이 해쓱한 얼굴을 내밀었다. 핏기 없는 게 금방이라도 쓰러질 것 같았다.

강진이 들어오라는 말을 채 하기도 전에 둘은 대뜸 안으로 들어섰다. 먼저 집 안을 휘둘러보았다. 이상했다. 당연히 있어야 할 사임이 눈에 띄지 않았다. 중간과 하득은 마스크를 벗으며 여기저기 기웃거리자 강진은 맥없이 말했다.

"없어. 집 나간 지 열흘도 넘었어."

낙담한 기운이 말투에서 그대로 묻어났다. 중간과 하득은 동시에 묘한 표정을 지었다. 안타까운 건지 잘됐다는 건지 종잡을 수 없었다. 반반 뒤섞인 표정, 딱 그랬다. 중간은 약간 더듬거리며 말했다.

"뭐, 어, 어쩌면 친구들이랑 놀러갔거나 아니면 자기네 집에 갔겠지. 우리 누나도 그러더라. 다시 올 거야."

하득이 말을 이었다.

“거자필반(去者必返)도 있지만, 회자정리(會者定離)도 있는 겨.”

강진도 그렇고 중간도 그게 무슨 뜻인지 알지 못했다. 중간은 신경질적으로 말했다.

“넌 그 한자 때문에 여잘 못 꼬시는 거야. 외계인 방귀 뀌는 소리를 누가 알아 듣냐!”

“내가 한자를 쓰니까 우리들 지적 수준이 쬐금 더 높아지는 겨.”

“지랄 육갑하네.”

강진은 고개를 숙인 채 말이 없었다. 중간과 하득은 사임이 집을 나갔다는말에 안쓰럽다는 표정을 지었지만 속으로는 그게 그렇게 썩 나쁜 일만은 아니라고 생각했다. 동거녀의 눈치를 살필 필요가 없어서도 그랬지만, 강진한테 늘 상대적 박탈감을 가지고 있던 터라 그런 건지도 모를 일이었다.

중간과 하득은 집 안 분위기를 슬쩍슬쩍 훑어보았다. 플라스틱 삼단 서랍장 위에는 사임이 쓰던 화장품 몇 개가 놓여 있었다. 다 쓴 것도 있고, 밑바닥의 나머지를 한데 모으려고 거꾸로 세워 놓은 것도 있었다.

둘은 방 안에 배어 있는 화장품 향을 맡느라 코를 킁킁거렸다. 천국의 냄새가 따로 없었다. 이런 낙원을 혼자 독점해서 누리다가 이제는 자신들과 비슷한 처지가 됐다고 생각하니 은근히 마음이 풀렸다. 예전의 동지를 되찾은 거다. 강진을 위로하러 왔지만 오히려 자신들이 위안을 얻는 느낌이었다. 남의 불행, 그것도 친구의 불행을 행복의 조건으로 삼는 게 치사했지만.

중간은 봉지에서 소주와 삼겹살을 꺼냈다. 하득도 소주 옆에다 캔 맥주를 나란히 세웠다. 강진은 슬그머니 일어나 부엌으로 나가더니 휴대용 버너와 불판을 가지고 들어왔다. 이어 벽면에 세워져 있던 접이식 상을 폈고, 냉장고에서 김치를 꺼냈다. 상 위에 버너를 놓고 그 위에 불판을 올려놓았다. 상추와 파절이, 마늘과 쌈장도 자리를 잡았다. 강진이 다시 부엌으로 나가더니 접시와 글라스, 그리고 가위와 집게, 나무젓가락을 가져왔다. 이제 삼겹살을 굽고 적절한 비율로 소주와 맥주를 섞어 마시면 그만이었다. 상처받은 자에 대한 위로인 동시에 옛 동지의 귀환을 축하하는 술판이었다.

고기를 굽고 소맥 글라스가 몇 차례 돌고 난 뒤였다. 강진이 긴 한숨을 토해냈다. 뭐든지 신속하게 상황을 살피고, 빠른 결단으로 돌파구를 찾던 강진이 패배의식에 빠져 허우적거리는 건 처음 보는 일이었다.

"난 버림받은 인생인가 봐. 늘 한 발 차이로 지하철을 놓치기 일쑤고, 강남사거리로 가는 버스인 줄 알고 탔는데 정반대인 한남대교를 건너 약수동 고개로 간 거도 여러 번이야. 거기다 자동으로 산 로또가 이미 일등 된 적이 있던 번호였고, 큰맘 먹고 핸드폰을 제값 주고 샀는데 그 다음 날에 할인판매 하더라. 하여튼 되는 게 없어. 내 인생이 이렇게 된 건 우리 엄마 때문이야. 옛날에 우리 엄마를 죽자 살자 쫓아다니던 아저씨가 있었는데 엄마 친구랑 결혼해서 지금 도곡동 타워팰리스 펜트하우스에서 살고 있대. 처음부터 내 인생에 빵구 난 거지 뭐. 난 똥파리 인생이야. 똥파리."

중간이 말했다.

"에이, 그래도 똥파리는 좀 아니다."

하득도 가만있지 않았다.

"자괴지심(自愧之心)엔 약도 읎는 겨."

강진은 글라스의 소맥을 벌컥벌컥 들이켠 뒤 목소리를 높였다.

"똥파리는 개구리한테 잡혀 먹고, 개구리는 뱀한테 잡혀 먹어. 그런 뱀은 독수리한테 잡혀 먹게 돼 있고. 독수리가 누구냐 하면 돈 있고, 빽 있는 놈들이야. 난 똥파리인 게 분명해."

중간은 섭섭하단 표정을 지으며 말했다.

"니가 똥파리면 우리도 똥파리가 되는 거야."

하득이 추임새를 넣었다.

"유유상종(類類相從)인데 똥인들 똥파린들 그게 뭔 차이가 있겄어. 그래도 자폭은 하지 마러. 쪽팔리잖여."

중간은 가라앉은 분위기를 바꾸려는 듯 나무젓가락으로 상을 두드리며 말했다.

"이럴 때 필요한 게 뭔지 알아? 친구여. 친구여, 알지?"

하득도 글라스에 소맥을 따르며 경쾌하게 분위기를 맞추었다.

"그려. 단금지교(斷金之交). 우리가 그런 친구잖여."

중간이 목소리를 높였다.

"아, 그 친구 말고. 친구여는 친구가 아니라 노래야. 친구여, 그 노래 몰라? 바비 킴하고 강산에가 부른 거."

하득이 고개를 젓자 중간은 목소리를 더 높였다.

"〈친구여〉란 노래를 모른단 말이야? 개실망이다. 노는 아이처럼 웃는 얼굴로 내게 손을 내밀어서 내손을 잡아주고. 어쩌고저쩌고 하다가 저 언덕 위의 큰 나무가 되어준 내 친구여 하고 끝나는 노래야."

중간이 흥얼거리자 하득은 그런 노래가 있었냐는 듯 고개를 끄덕였다.

"가사 좋네. 가슴에 탁 꽂혀."

중간은 핏대를 세워 말했다.

"친구 되는 거도 중요하지만 난 되고 싶지 않은 게 있어. 여자 등쳐 먹는 놈하고 국회의원 같은 건 절대 안해. 그런 놈하곤 상종도 안 할 거야. 아니 죽여 버리고 싶어."

강진이 통박하듯 말했다.

"넌 툭하면 그 소리하더라. 열 번도 넘게 들었어. 여자 등쳐 먹는 놈이랑 국회의원하곤 상종도 안 한다는 거."

중간은 신경질적으로 말했다.

"진짜니까 그렇지. 여자 등쳐 먹는 놈들은 인간이 아냐. 그러니까 사람대접하면 안 돼."

하득이 중간한테 말했다.

"넌 지금 계획대로 잘살고 있는 겨."

중간은 이내 우울한 표정을 지었다.

"근데 외로워."

하득이 목소리를 높였다.

"야, 꼭 섹스를 해야만 하는 겨? 그게 그렇게 중요한 겨!"

진심으로 하는 말이라기보다 강진을 위로하기 위한 거였다. 사실 중간과 하득은 늘 애인 없이 지내 왔던 터라 외로움이 낯선 것도 아니고, 면역이 돼 있었다. 여자 친구 없이 보내는 밤이 위궤양 앓는 것처럼 속이 쓰렸지만 그럭저럭 잘 견뎌내고 있었다.

강진은 두 친구랑 처지가 달랐다. 중간과 하득에게 여자는 버추얼한 현실이었지만 강진한테는 실시간으로 존재한 사임이 곁에 있었다. 그러니까 강진이 겪는 외로움과 허전함은 차원이 다른 것이었다. 하득의 말은 본심이었다기보다는 친구에 대한 배려였다. 강진을 찾아온 이유도 위로하려는 게 아니던가. 어쨌든 이 자리의 주연은 무조건 강진이어야 했다. 하지만 강진은 감동은커녕 고마워하는 표정도 아니었다. 오히려 목청을 높였다.

"모르는 소리하지 마. 섹스 안 하고 어떻게 사니? 남자랑 여자의 최종 목표는 섹스에 있는 거야. 밀고 당기는 게 다 침대에 자빠뜨리려는 거잖아."

두 친구는 경험이 없으니 할 말이 없었다. 강진은 제스처를 취해 가며 말을 이어갔다.

"그리고 섹스 때문에 세상이 돌아가는 거야. 섹스하려면 모텔로 가야 하는데 모텔이 있으려면 먼저 건물을 지어야 하니까 건축경기가 좋아지는 거지. 거기에 건축자재가 들어가니까 시멘트나 벽돌공장이 돈을 벌고, 현장에서 일하는 잡역부랑 함바집에서 밥해 주는 아줌마도 먹고사는 거야. 또 투숙객한테 제공되는 샴푸나 비누, 칫솔, 치약 때문에 세면용품 공장이 돌아가고, 침대회사도 한몫 잡는 거지. 그걸 또 다 실어 날라야 하니까 화물운송업자하고, 운전사한테도 일거리가 생기는 거고. 차를 모는 덴 기름이 들어가야 하니까 주유소는 그냥 앉아서 돈 버는 거고. 주유소는 진짜 떼돈 벌어. 나도 배달하려면 오토바이에 기름부터 넣거든. 중국집에서 모텔로 배달하는 게 엄청 많아. 특히 밤에는 장난 아니야. 근데, 근데 말이야."

강진은 말을 끊고 잠시 머뭇거렸다. 중간과 하득은 무슨 말을 하려기에 저렇게 뜸을 들이나 싶어 멀뚱히 쳐다보았다. 강진은 담배에 불을 붙여 입에 물었다. 연기를 길게 내뿜으며 말했다.

"비아그라 만든 놈은 도대체 얼마나 많이 벌었을까?"

중간은 소맥을 들이킨 뒤, 글라스를 내려놓으며 말했다.

"비아그라보단 플루토늄이나 스텔스기 같은 게 더 벌지 않을까?"

하득이 말을 이어받았다.

"고속도로 무인 카메라만큼 돈 잘 버는 거도 읎는 겨. 인건비도 읎고, 재료가 들어가는 거도 아녀. 찰칵찰칵, 그게 다 돈인 겨. 진짜 돈 찍는 기계인 겨."

그야말로 두서없는 이야기가 오고가는 중이었다. 취기가 오르고 있다는 증거였다.

강진이 노랗게 익은 삼겹살을 입에 넣고 우물우물 씹으며 말했다.

"내년엔 주방으로 들어가 요리를 배울 거야. 체계적으로. 그리고 오 년 쯤 뒤에는 중국집을 차릴 거고."

중간은 부러운 눈빛을 띠며 말했다.

"넌 사는 기준이 너무 높아. 중국집 차리는 거도 그렇고 여자도 그렇고, 거기다 방황하는 거도 간지 나잖아. 우리랑 차원이 달라."

하득도 가만있지 않았다.

"야망의 포식자고, 여자 사냥꾼인 겨. 우리가 봤을 땐 그려."

강진이 한숨을 토해냈다.

"야, 현실을 봐. 사임이가 집을 나갔다고 집을. 나 혼자인 거 안 보이냐?"

중간이 말했다.

"여자한테 한 번이라도 차여 봤으면 소원이 없겠다."

하득도 그동안 쌓여 있던 걸 쏟아 놓으려는지 목소리를 높였다.

"넌 자과부지(自過不知)고 아전인수(我田引水)인 겨."

중간은 한마디를 더 보탰다.

"혼자서만 개꿀 빠는 건 불공평하지. 속이 쓰려 봐야 친구가 힘들다는 걸 알지."

술이 취하다보니 상황에 맞지도 않는 말들을 멋대로 내뱉었다. 위로가 아니라 그동안 억눌렸던 울분의 똥방귀를 빵빵 뀌어대려고 온 것 같았다.

강진이 약간 서운한 표정으로 말했다.

"너무한다. 이럴 거면 뭐 하러 왔어. 친구 맞냐?"

중간과 하득은 아차 싶었다. 아무리 친구라도 지켜야 할 선이 있는 법인데 그걸 넘어버린 것이었다. 중간은 미안하다는 뜻으로 강진의 글라스에 소맥의 비율을 맞추었다. 하득도 노랗게 익은 삼겹살 한 점을 강진의 접시에 올려놓았다. 중간과 하득은 거의 동시에 말했다.

"오해야 오해."

"그래, 오해여. 오핸 겨."

잠시 사이를 둔 뒤 중간이 진지하게 물었다.

"근데 사임 씨가 왜 집을 나간 거야? 이유가 뭔데?"

강진은 대답 대신 긴 한숨을 내쉬었다. 손을 더듬거려 다시 담배를 꺼내 입에 물었다. 하득은 라이터를 켜 불을 붙여주었다. 강진은 천장을 올려다보며 담배 연기만 내뿜을 뿐 말이 없었다. 계속 한숨만 푹푹 내쉬었다. 좀처럼 볼 수 없던 모습이었다. 중간과 하득은 그제야 보통 심각한 일이 아님을 깨달았다.

한참 동안 술을 마시는 것도 잊은 채 침묵의 시간이 흘러갔다. 강진은 피우던 담배꽁초를 빈 소주병에 집어넣었다.

"그러니까 뭐냐 하면."

중간과 하득의 시선이 강진에게 쏠렸다.

"나한테 너희들이 모르는 콤플렉스가 있어. 그거 때문에 사임이 집을 나간 거야."

중간과 하득은 그게 뭐냐고 묻지 않았다. 당연히 궁금했지만 강진이 말할 때까지 기다리는 게 예의라고 생각했다.

"비밀 지켜 줄 수 있지?"

중간과 하득은 동시에 고개를 끄덕였다.

"내가 직접 보여줄 건데 보고 웃으면 너휜 개새끼다. 다시 말하는데 보고 웃었다간 우린 끝이야. 알았지!"

강진이 단호하게 말했다. 병원에 진료를 받으러 갔을 때 간호사가 자신의 젖꼭지를 보고 키득키득 하던 모습이 떠올라 강진은 중간과 하득도 당연히 웃을 거라고 생각했다. 그래서 엄포부터 놓았다.

강진은 더 이상 망설일 이유가 없다는 듯 양손으로 윗도리를 획 걷어 올렸다. 젖꼭지가 일시에 드러났다. 얼핏 봐도 기이하고 우스운 반쪽 젖꼭지였다. 중간과 하득은 오랫동안 친구로 지내 왔으면서도 처음 보는 거였다.

강진은 고개를 숙여 자신의 양쪽 젖꼭지를 한 번씩 번갈아가며 쳐다보았다. 반쪽씩만 있는 젖꼭지는 쪼글쪼글한 건포도 같았고, 말라비틀어진 번데기 같기도 했다. 어찌 보면 페넥 여우의 눈처럼 생겼고, 돼지가 지그시 눈을 감고 웃는 모습이기도 한 젖꼭지는 그대로였다. 시간이 지나도 변하지 않았다.

방 안의 분위기가 일시에 가라앉았다. 중간과 하득은 아무 말이 없었다. 반쪽 젖꼭지를 보여주면 낄낄거리며 웃을 거라고 생각했던 강진의 예상은 완전히 빗나갔다. 젖꼭지를 보고 웃으면 절교라고 했던 경고 때문인지도 몰랐다. 중간과 하득은 동시에 아연실색했다. 말이 없을 뿐만 아니라 얼굴에서 핏기가 싹 가셨다. 금방이라도 울 것 같은 표정이었다. 둘은 약속이나 한 것처럼 똑같은 반응이었다.

강진은 자신의 젖꼭지를 보고 웃으면 화를 낼 작정이었지만 웃는 게 아니라 오히려 울 것 같은 표정을 짓자 자존심이 더 상했다. 괴물을 본 듯한 표정, 딱 그랬다. 정말 어이가 없었다. 친구들의 반응이 저 정도면 사임이 가출한 것도 지나친 게 아니란 생각이 순간적으로 들었다. 강진은 서운한 표정을 감추지 못했다.

"내가 괴물이냐?"

그 말에 중간은 크게 한숨을 내쉬었다. 그리고 울먹이는 소리로 말했다.

"넌 반쪽 젖꼭지라도 양쪽 다 있네. 내꺼 봐라. 씨발, 난 왼쪽 젖꼭지가 아예 없어."

강진이 대체 뭔 말인가 싶은 표정을 짓기도 전에 중간은 양손으로 웃옷을 훌쩍 걷어 올렸다. 그의 말대로 사실이었다. 왼쪽 젖꼭지는 없었고 오른쪽 젖꼭지만 달려 있었다. 왼쪽 가슴에는 동그란 흔적만 남아 있었다. 십 원짜리 동전만한 흔적이 수채화 물감으로 그려놓은 것처럼 흐릿하게 남아 있었다.

한쪽만 있는 희한한 젖꼭지였다. 강진도 어떻게 저럴 수가 있지 하는 표정이었다. 그렇다고 젖꼭지가 왜 한쪽뿐이냐고 물어보기 어려웠고, 위로하는 건 더 우스운 일이었다. 어떻게 해야 좋을지 몰라 난감했다.

정말 꿈에도 생각지 못했던 문제가 생긴 건 그다음이었다. 그때까지 고개를 푹 숙이고 있던 하득이 갑자기 괴성을 질렀다.

"야, 개새끼들아. 느들이 오늘 날 죽이려고 작정한 거여 뭐여. 반쪽 젖꼭지도 그렇고, 한쪽밖에 읎는 거도 나한텐 조족지혈(鳥足之血)인 겨. 내껄 봐. 눈깔로 한번 보라 이거여!"

하득이 웃옷과 러닝셔츠를 벗어 휙 집어던졌다. 강진과 중간의 시선이 하득의 가슴에 고정되었다. 앞가슴 양쪽에 일회용 사각 밴드가 나란히 붙여져 있었다.

강진과 중간은 동시에 젖꼭지에 웬 사각 밴드? 하는 표정이었다. 하득은 보란 듯이 거침없이 밴드를 떼어냈다. 강진과 중간은 하득의 가슴을 보고 거의 기절할 뻔했다. 양쪽 젖꼭지가 아예 없었다. 밋밋

했다. 밴드를 붙였던 네모 자국만 선명할 뿐 젖꼭지 자체가 없었다.

밴드를 붙인 건 없는 젖꼭지를 가리기 위한 거였다. 밴드를 붙였던 사각 자국 안에는 젖꼭지 흔적만 흐릿하게 보였다. 젖꼭지가 화석으로만 남아 있다는 거, 그게 딱 맞는 표현이었다. 젖꼭지가 없는 밋밋한 가슴이었다. 강진과 중간은 똑같은 표정을 지었다.

어떻게 양쪽 젖꼭지가 다 없는 거지?

하득은 계속 욕설을 내뱉다가 끝내는 꺼이꺼이 소리를 내며 울었다. 방 안의 분위기는 일시에 더 가라앉았다. 세 친구는 졸지에 늪으로 깊숙이 빠져 들어가는 느낌이었다. 이런 상황을 논리로 설명하는 건 불가능했다. 전혀 예상치 못했던 벼락이 내리친 거다.

짐작되는 건 있었다. 중간과 하득이 여자 친구를 사귀지 못하고 직장을 제대로 잡지 못했던 이유는 젖꼭지로 인한 패배의식 때문이란 거. 그런 콤플렉스로 인해 자신감 결여에 대인기피증까지 생겼던 것이다. 누구를 만나든 어디에 있든 젖꼭지로 인한 콤플렉스를 떨쳐낼 수 없었다.

그런 콤플렉스가 있음에도 불구하고 셋이 오랫동안 만나왔던 건 관성 때문이었다. 그렇게 만나다 보니까 친구 이상의 관계가 된 거였다. 아니 어쩌면 기괴한 젖꼭지의 인연이 그들을 한데 묶었는지도 모를 일이었다. 그게 오늘에서야 다 드러난 것이다. 어디에서도 누구한테도 털어놓을 수 없었던 태생적인 비밀을 서로에게 다 보여준 거였다.

이런 상황은 의도하지도 계획을 짠 것도 아니었다. 하긴 그런 게 세상사였다. 전혀 예기치 못한 사건이 터지고, 원하지도 않았는데 기이한 젖꼭지를 가지고 태어나는 거.

세 친구는 한참 동안 말이 없었다. 기가 막힌 일이었다. 반쪽의 기형이거나, 한쪽뿐이거나 아예 양쪽 젖꼭지가 없는 남자들이 친구로 엮였다는 게 믿어지지 않았다. 악연도 이런 악연이 없었다.

강진은 어색해진 분위기를 바꿔보려는 듯 TV 전원을 켰다. 뉴스가 진행되고 있었다.

여야가 내부정보를 활용해 투기하는 비리를 근절하기 위해 LH 사태 방지법을 마련 중이라는 소식에 이어 미국 우주탐사기업의 화성 우주선인 스페이스 X가 시험 도중 또 폭발했다는 해외소식도 있었다. 인기 절정의 여자 아나운서가 프리를 선언했다는 소식도 빠뜨리지 않았다.

국내외 뉴스가 흘러넘쳐도 그들하고는 상관없었다. 투기를 해서 떼돈을 벌고, 우주선을 발사해 대기권 밖으로 날아가고, 아나운서가 프리 선언으로 더 큰 인기를 얻는다는 게 별나라 이야기처럼 들렸다.

어떤 의사가 천사처럼 나타나 젖꼭지를 고쳐주고, 한 달에 이백만 원쯤 받는 일자리와 외로움을 달래줄 여자 친구만 있으면 그들한텐 그게 파라다이스였다. 절실하게 원하는 바람이었다.

하득은 말없이 소맥 글라스를 연신 들이켰다. 그의 주량을 훨씬 넘어선 지 이미 오래였다. 그래도 말릴 수 없었다. 강진은 냉장고에 있던 버드와이저를 마저 꺼내 놓았다. 하득은 혀가 꼬인 목소리로 말했다.

"너흰 유구무언(有口無言)인 겨. 반쪽이래도 양쪽 다 있고, 또 한쪽이라도 있으니까 할 말 읎는 겨. 씨부럴, 난 양쪽 다 읎어. 아무것도 읎다구."

강진은 하득에게 러닝셔츠를 건네주고 웃옷까지 입혀준 뒤 어깨를 도닥거렸다. 중간도 그냥 보고만 있을 수 없었다. 하득을 안아주었다. 세 친구는 한동안 서로 부둥켜안은 채 말이 없었다. 할 말도 없었다. 하긴 어떤 말로도 위로가 되지 않을 게 뻔했다.

강진이 다시 하득의 등을 도닥거려 주었다. 하득은 조금 위로가 된다는 듯 고개를 연신 끄덕였다. 누가 뭐라 해도 역시 친구밖에 없었다. 강진이 하득에게 말했다.

"하득아, 일회용 밴드보단 니플 패치를 하는 게 더 낫지 않을까?"

"니플 패치를 하는 놈들은 미용 차원에서 하는 거고, 난 없는 걸 있는 척 꾸미는 겨."

"그러니까 기왕이면 니플 패치가 보기도 좋고."

"그거 비싸. 나 돈 읎어."

강진은 할 말이 없었다. 돈이 없다는 것, 늘 그게 문제였다. 날이 어둑어둑할 때 중간과 하득은 자리에서 일어났다. 계속 함께 있는 것도 불편했다. 어쨌든 집으로 돌아가야 할 시간이었다. 기이하게 타고난 태생적인 비밀을 서로한테 보여주고 한바탕 통곡한 뒤, 세 친구는 헤어졌다. 쓸쓸하고도 서글픈 시간이었다.

그로부터 일주일 뒤 세 친구는 다시 모였다. 동네의 호프집이었다. 강진이 중간과 하득을 불러낸 거다. 젖꼭지 사건 때문에 조금 어색하긴 했지만 그렇다고 만나는 걸 피해야 할 이유도 딱히 없었다. 이미 다 드러낸 마당에 오히려 안 보겠다고 하는 게 이상했다.

호프집은 코로나 영향으로 손님은 두 팀뿐이었다. 마스크를 썼다 벗었다하면서 맥주를 마시고 있었다. 중간과 하득이 자리에 앉자마자 생맥주 피쳐 3,000cc와 치킨이 곧바로 나왔다. 강진이 시간에 맞춰 미리 시켜둔 것이었다. 무슨 일인지 강진의 표정이 상기되어 있었다. 얼마 전만 하더라도 얼굴에 핏기가 없었는데 윤기까지 흘렀다. 말에서도 기운이 넘쳐났다.

"시원하게 한 잔씩 마시자."

중간은 냉소적으로 쏘아붙였다.

"사임 씨가 돌아왔나 보네."

하득도 한마디했다.

"혼자 살판 난 겨."

강진이 힘주어 말했다.

"그런 거 아냐. 걘 전화 한 통 없어. 뭘 하는지 알게 뭐야. 나도 잊었어."

본심인지 괜히 허세를 부리는 건지 종잡을 수 없었다.

"처음에 데이트하자고 대시한 거도 나고, 죽자 살자 쫓아다닌 거도 나야. 손잡은 거도 나고, 매일 기다린 거도 난데 근데 꼴 보기 싫다고 날 찬 건 사임이야. 떠난 건 갠데 왜 내가 미안하고 죄 지은 마음이 드는 거지? 약간 억울하지만 슬프진 않아. 쪽팔려. 사랑한다고 착각해서 나를 다 이해해 줄 거라고 믿었던 거. 나만 우습게 된 거지 뭐."

말과 표정이 일주일 전과 완전 딴판이었다. 사임을 이미 마음속에서 정리한 듯 담담하게 말했다. 강진은 잔을 내밀어 중간과 하득의 맥주잔에 부딪쳤다. 강진은 사임이 돌아오지 않았다고 하면서도 혼자 기분이 업 되어 어쩔 줄 몰랐고, 중간과 하득은 이유를 몰라 어안이 벙벙했다. 강진이 손에 들었던 맥주잔을 테이블에 내려놓고 중간과 하득을 번갈아 보며 은밀하게 말했다.

"우리 희망 있어. 내가 알아보니까 태국에 따완이란 의사가 있는데 유두 전문의야. 찌그러진 거 바로 잡아주고, 없는 거도 완벽하게 달아준대. 아주 퍼펙트하게. 그러니까 태국만 가면 되는 거야."

강진은 자신이 이미 국내 병원은 모두 알아보았다는 것과 그게 의학적 치료가 쉽지 않다는 사실을 차근차근 설명해주었다. 전문의가 아닌 의사한테 수술을 잘못 시술받았다간 아예 유두가 함몰돼서 거기에 푹 파인 화산구가 평생 남을 거라고 자신의 상상력까지 덧보태어 말했다.

따완이란 이름은 태양이란 뜻인데 따완이 바로 자신들한테 태양 같은 존재라는 말도 빠뜨리지 않았다. 사실 따완의 정보는 며칠 전 중국집 손님이었던 태국 마사지사로부터 우연히 들은 거였다. 정확한 정보인지 확실하지 않았지만 인간은 자신이 듣고 싶은 것만 듣는 선택적 지각의 존재이기에 마사지사의 말을 쉽게 받아들였다.

젖꼭지를 고쳐야 한다는 간절함 때문에 태국은 마사지사와 의사가 거의 동격이라고 판단하고 확증편향으로 그 정보를 철석같이 믿었다. 세 친구한테 태국은 졸지에 희망의 등불로 떠올랐다. 태국은 트랜스젠더 수술로도 유명하니 젖꼭지 같은 건 어렵지 않게 고칠 거라고 생각했다. 따완을 만나면 젖꼭지를 깔끔하게 복원할 수 있다는 확신이 들었다. 문제는 수술 비용이었다.

중간과 하득은 동시에 물었다.

"얼마 드는데?"

"당연히 비싸겠지?"

강진이 말했다.

"한쪽에 천오백. 양쪽은 삼천만 원."

중간과 하득은 동시에 비죽거렸다.

"그런 돈이 어딨냐?"

"난상지목 물앙(難上之木 勿仰)인 겨. 오르지 못할 나무는 쳐다보는 게 아녀. 삼천만 원이 장난인 겨?"

그럴 줄 알았다는 듯이 강진이 두 사람의 머리를 한데 모으고 은밀하게 말했다.

"다 방법이 있어. 그래서 너희를 보자고 한 거야. 우린 끝까지 같이 가야할 운명이니까."

강진이 두 사람의 머리를 더 바짝 모았다. 귀를 쫑긋 세운 두 사람한테 들려온 말은 천둥소리만큼 충격이었다. 평생 살면서 전혀 생각해 본 적이 없는 한탕털이를 하자는 제의였다. 딱 한 번만 갱스터가 되자는 거였다.

목표는 다파니 주얼리 숍.

강진은 이미 타깃까지 정해 놓고 나온 것이었다. 용산 동부이촌동의 삼층짜리 단독 건물 일층에 있는 보석가게인데 쉬운 건 아니지만 얼마든지 가능하다고 열변을 토했다. 눈빛까지 반짝거렸다.

"은행 터는 거나 해킹해서 비트코인 빼돌리는 거보다 열 배는 쉬워."

그냥 흰소리로 하는 게 아니었다. 이미 현장을 세 번이나 탐색했고, 동부이촌동의 라이더 동기들한테 주변의 정보를 얻어서 내린 결정이었다.

중간과 하득은 예기치 않은 강진의 도발적인 제의에 잠시 혼란에 빠졌다. 하지만 태국에 가서 수술을 받은 뒤 정상적인 젖꼭지를 회복한 모습을 상상하자 이내 혼란스런 마음은 사그라졌다.

정상적인 젖꼭지를 갖는다는 건 콤플렉스와 대인기피증에서 벗어난다는 뜻이었다. 그러면 직장은 물론 무엇보다 여자 친구를 사귈 기회도 얼마든지 만들 수 있다. 자신감을 억눌러 왔던 기이한 젖꼭지를 정상적으로 복원시킬 수만 있다면 못할 게 없었다.

아침에 출근했다가 저녁에 퇴근하는 규칙적인 생활, 휴일에는 여자 친구랑 놀이공원 가기, 월미도에 가서 디스코팡팡 타기, 남산타워에 가서 사랑의 자물쇠 채우기, 커플 티셔츠에 커플 폰 만들기를 떠올리자 희망이 보이고 일시에 서광이 비치었다.

중간이 강진에게 물었다.

"중국집 배달은 어떻게 할 건데?"

"우리한테 지금 그게 중요한 게 아니지."

중간과 하득은 '우리한테'란 말이 썩 마음에 들었다. 죽으나 사나 함께한다는 의지를 드러낸 적확한 단어였다. 이젠 각자가 아니라 운명공동체가 된 거였다.

중간과 하득은 고개를 끄덕이며 누가 먼저랄 것 없이 맥주잔을 높이 들고 큰 소리로 외쳤다.

"가즈아, 따완 만나러 태국으로."

"그려, 가는 겨."

강진의 얼굴에도 환한 미소가 떠올랐다.

3

원수는 외나무다리에서

곽 사장이 화재보험까지 든 건 어떻게 해서라도 건물까지 전소시켜 그에 대한 보험금으로 아예 새 건물을 짓고 장사하겠다는 생각에서였다. 일종의 창조적 파괴였다.

서너 개의 보험가입을 끝내고, 보험료까지 납부하면서 목표를 향한 의지는 송곳처럼 날카로워져 갔다. 자나 깨나 어떻게 하면 건물을 통째로 날릴 것인가에 대한 생각뿐이었다. 보석판매는 뒷전이었다.

*

다파니 주얼리 숍의 곽 사장은 처음에 매장 이름을 티파니 주얼리 숍으로 정했었다. 하지만 티파니 이름을 쓰게 되면 상호저작권에 걸려 엄청난 비용을 지불해야 된다는 말을 듣고는 질겁해서 이내 상호명을 다파니로 바꾸었다.

티파니와 다파니. 어감도 비슷했고, 이국적인 느낌도 비슷했다. 거기다 다파니의 어감에 들어 있는 묘한 뜻이 곽 사장의 마음에 쏙 들었다. 다 팔았다, 다 판 사람, 다 팔았니? 다 팔고 나니 부자가 됐다, 등등 그야말로 시적인 앰비귀티(ambiguity, 의미의 이중성)가 따로 없었다.

요즘 다파니 주얼리 숍의 곽 사장은 처남 생각만하면 울화통이 터져 죽을 지경이었다. 애초부터 그의 말을 믿은 게 패착이었다. 그렇지 않아도 비트코인에 투자한 게 가격폭락으로 팔천만 원 쯤 손실이 났는데, 처남한테 십삼 억이나 되는 거액을 사기 당했으니 미칠 노릇이었다.

그 돈이 어떤 돈인가. 전 재산이나 다름없는 그 돈을 모으려고 얼마나 많은 피땀을 흘렸고, 수모를 견뎌내야 했던가. 돌반지의 함량을 코딱지만큼 살짝살짝 덜어냈고, 각 학교 동문회장한테 말도 안 되는 리베이트를 제공하고 간신히 기념반지를 납품하기도 했다. 불법증여 수단인 걸 뻔히 알면서도 재력가한테 황금열쇠와 황금거북이를 만들어주었다.

새로운 고객을 끌어들이려고 교회를 옮겨 다니며 낯간지러운 신앙 간증을 했고, 구의회 건물의 모든 의원실에 고급 벽시계를 기증하기도 했다. 상인친목회에 가입해 빠짐없이 회비납부를 했고, 경찰서 산하의 청소년 선도위원회에서 열심히 봉사활동도 했다. 그게 모두 다파니 주얼리 숍을 알리기 위한 거였다. 장사만 잘 된다면, 그래서 다 판다면 못할 게 없었다.

그렇게 십 원짜리 동전을 하나하나 쌓아서 만든 성이었는데, 그게 한순간 무너져버렸다. 벌들이 수백억 꽃송이를 찾아다니며 모아놓은 꿀을 양봉업자가 한 번에 탈탈 털어간 것처럼 처남한테 한방에 당한 거였다.

욕심이 화근이었다. 욕심은 채워주는 게 아니라 있는 것마저 거덜내버리는 요물이란 걸 미처 깨닫지 못했다. 처남이 사업한답시고 중국과 홍콩을 뻔질나게 넘나드는 걸 액면 그대로 믿은 게 결국 발등을 찍은 도끼가 됐다.

그가 하는 사업이 뭔지 몰랐지만 롯데월드타워 시그니엘 레지던스에 입주하고, 람보르기니를 몰고 다니는 걸 보면 의심할 여지가 없었다. 사업이 잘되지 않고서는 꿈도 꾸지 못할 일이었다. 거기다 툭하면 역삼동의 룸살롱 대접까지 받았으니 마음이 혹할 수밖에. 하지만 그게 그냥 베푼 호의가 아니었다. 곽 사장을 끌어들이기 위한 계략으로 치밀하게 설계된 거였다. 꼼짝없이 걸려든 거다.

처음에 처남한테 사업 아이템을 들었을 땐 귓등으로 흘렸다. 황당무계하고 터무니없었다. 차라리 도깨비방망이를 뚝딱 두드려서 금덩어리가 쏟아지길 기대하는 게 나았다. 하지만 계속 이야기를 듣다보니 어쩌면 혹시, 하는 마음의 틈이 조금씩 생기기 시작했다. 처남이 묶고 있는 펜트하우스급의 오피스텔과 슈퍼 카에 눈이 멀어 판단력이 무너지고 말았던 거다. 거기다 그놈의 룸살롱이 한몫했다고 할 수밖에.

처남이 제의한 사업 아이템은 간단했다. 중국의 화룽(華融)자산관리공사 서기 겸 사장인 라이샤오민(賴小民)의 금괴를 헐값에 사서 국내에 들여오는 거였다. 라이샤오민은 기업으로부터 삼천 억 대의 뇌물을 받아 세상을 놀라게 한 인물이었다. 집 안에 현금과 금괴를 몇 톤씩 쌓아두고 있었고, 첩도 백 명이 넘을 정도였다. 그야말로 뇌물의 끝판왕이자 세계챔피언이었다.

중국의 사정당국이 그를 뒷조사하기 시작했다. 사정당국의 감시를 눈치 챈 그는 냉동 탑차에 금괴를 실어 광저우에서 홍콩으로 밀반출시키려는 계획을 세웠다. 냉동 탑차가 계획대로 잘 오다가 심천(深圳)에 발이 묶여 있다는 것이었다. 여차하면 홍콩을 통해 유럽이든 미국으로 튈 작정이었는데 암행요원한테 걸려 홍콩과 경계 지역인 심천에 냉동 탑차가 꼼짝 못하고 있으니 똥끝이 탔다. 이를 해결하려면 외부의 지원이 필요하다는 거였다.

사정당국의 감시로 인해 라이샤오민이 직접 나설 수 없고, 그를 도와주던 후원자들도 이미 잠수를 탄 터라 암행요원을 구워 삶을 외부인을 물색하고 있다는 게 핵심 요지였다. 물론 금괴 값까지 지불할 능력이 있어야 하는 건 말할 필요도 없었다.

그런 일이 가능할까 싶었지만 중국에 자본주의가 스며들기 시작하면서 누구나 돈맛을 알게 돼 돈만 있으면 세관원은 물론 공안원까지도 구워 삼을 수 있다는 것이었다.

그야말로 모든 게 돈 놓고 돈 먹는 게임이라고 했다. 더구나 냉동 탑차는 단순한 냉동 탑차가 아니었다. 차량용 샌드위치 판넬 속에 금괴를 넣어 특수 제작했고, 바닥에도 금괴가 깔려 있다는 거였다. 겉으로 보기에는 참깨와 건고추, 건표고 같은 농산물이 가득 실려 있는 냉동 탑차였지만 실제는 차 자체가 금덩어리나 마찬가지였다. 판넬 안에 금괴가 들어 있다는 걸 누가 알겠는가.

그 냉동 탑차가 홍콩으로 나오기만 하면 대박이란 거였다. 처남은 곽 사장한테 금괴 값이랑 암행요원과 세관원에게 줄 현금을 대면 몇 배의 돈이 생길 거라는 말을 귀에 딱지가 앉을 정도로 반복했다.

곽 사장이 냉동 탑차의 금괴를 암행요원에게 주면 되지 않냐고 하자 중국에서 금 거래는 정부의 허가사항이기 때문에 뇌물을 받는 입장에선 현금을 더 선호한다고 했다. 그리고 무엇보다 암행요원이나 세관원도 금괴는 꿈에도 생각지 못하고 기껏해야 건고추 포대 안에 비싼 제비집 요리로 쓰는 제비 둥지가 들어 있으리라는 추측만 할 거라고 했다.

냉동 탑차에 금이 실려 있다는 걸 암행요원과 세관원이 모르기 때문에 거래가 가능하다는 거였다. 제비 둥지는 워낙 고급 요리의 재료여서 밀반입을 철저히 통제하고 있다는 말도 빼놓지 않았다.

냉동 탑차를 홍콩으로만 끌고 나오면 국내로 들여오는 건 식은 죽 먹기라고 했다. 해상에서 금괴를 넘겨줄 오징어 원양어선도 이미 다 준비돼 있다는 거였다.

곽 사장이 그래도 미심쩍어 하자 중국 심천까지 직접 데려갔다. 처남은 비행기 티켓 값은 물론 호텔 경비까지 부담했다. 중요한 건 심천에서 암행요원을 직접 만났고, 세관에 가서 냉동 탑차까지 직접 목격했다는 사실이었다. 처남의 유창한 중국어 실력도 대단했지만 더 놀랄 수밖에 없던 건 암행요원과 세관원 모두 처남한테 아주 공손하다는 거였다.

처남은 그게 다 돈의 위력이라고 말했다. 돈만 있으면 백 명의 첩을 거느리고, 공안요원도 세관원도 마음대로 부려먹는 게 현실이었다. 돈 앞에선 사회주의 이념도 소용없었다. 요지경이 따로 없었다.

곽 사장은 처남과 함께 심천에서 홍콩으로 넘어와 오징어 원양어선 업자도 만났다. 돈이 문제였지 국내로 밀반입하는 건 땅 짚고 헤엄치기였다. 현장을 둘러본 곽 사장은 처남의 말을 액면 그대로 다 믿은 건 아니었지만 어차피 돈을 벌려면 베팅을 하고, 승부를 걸어야 한다고 생각했다. 비록 날려버리긴 했지만 비트코인에 투자한 것도 돈을 벌기 위한 게 아니었던가. 개처럼 벌어 정승한테 팍팍 써야 더 큰돈을 벌 수 있는 거다. 위험부담이 있긴 했지만 돈벌 기회라는 쪽으로 마음이 기울어지기 시작했다.

곽 사장은 심천과 홍콩을 두 번 다녀오자 금괴를 손에 넣은 것 같은 착각이 들었다. 워낙 이익이 컸던 터라 의구심은 어느새 옮어지고 금괴를 자신의 금고에 차곡차곡 쌓아놓은 것 같았다. 국내로 들여오기만 하면 그 금괴로 몇 년은 족히 장사를 하고도 남을 판이었다. 가깝게 지내는 업자한테 조금 저렴하게 공급해주는 호의도 베풀 수 있었다.

현장에 가서 직접 눈으로 보고 사람도 만났기에 몇 번을 생각해보아도 터무니없는 사업은 아니었다. 그렇게 판단하는데 한몫했던 건 고급 오피스텔과 슈퍼 카였다. 거기다 설마 처남이 자신한테 사기를 치랴 싶었다.

현지까지 다녀와서도 곽 사장이 머뭇거리며 결정을 차일피일 미루자 처남은 극약 처방을 썼다. 다른 물주가 나타나 심천과 홍콩에 함께 갈 계획이라는 말을 슬쩍 흘렸다. 거기에 곽 사장이 홀딱 넘어가고 말았다.

자신이 아닌 딴사람이 돈벼락 맞는 건 눈 뜨고 봐줄 수 없었다. 집 안에 있던 현금을 모두 털었고, 통장의 돈도 모조리 인출했다. 턱없이 부족했다. 건물을 담보로 대출까지 받고서야 필요한 액수를 맞추었다. 그게 십삼 억이었다. 처남의 말대로라면 십삼 억을 투자하면 이십오 억 정도는 너끈히 벌 수 있는 계산이 나왔다. 몇 번을 망설였지만 결국 투자 결정을 하고 말았다. 투자를 안 하면 평생 후회할 것 같았다.

화장실 가기 전과 후의 표정이 달라진다는 건 다름 아니라 딱 처남을 두고 하는 말이었다. 돈을 넘겨주면 일사천리로 진행될 거라던 사업은 지지부진이었다. 왜 이렇게 일이 더디게 진행되냐고 따지면 중국 사람의 만만디(慢慢的) 근성 때문이라고 핑계를 댔다. 보름 정도면 일이 깔끔하게 마무리 될 것이란 예상과 달리 한 달이 다 지나도 진척되지 않았다.

곽 사장은 그제야 일이 틀어지는 게 아닌가 하는 느낌이 들었다. 불안감이 엄습했다. 아니나 다를까. 처남은 곽 사장을 피하기 시작했다. 전화도 잘 받지 않았다. 아차 싶었다. 하지만 너무 늦게 눈치 챈 것이었다. 또 눈치를 챘어도 어찌해볼 방법이 없었다. 돈을 회수할 방법이 없으니 기다리는 수밖에. 자신이 심천과 홍콩으로 날아가 직접 일을 처리할 수도 없는 노릇이었다.

처남이 묶고 있던 롯데월드타워 시그니엘 레지던스는 두 달만 빌린 거였고, 람보르기니도 렌트카였다는 걸 곽 사장은 여전히 몰랐다. 처남이 돈을 받자마자 심천이 아니라 마카오행의 비행기를 탔다는 사실도 알지 못했다. 국내에 들어와선 외국인 지인들과 제주도 카지노에서 시간을 보냈다. 강원랜드 VIP룸이 그리웠지만 코로나로 인해 영업을 하지 않으니 어쩔 도리가 없었다. 필리핀 카지

노로도 날아갔다. 신선놀음이 따로 없었고, 도끼자루는 여지없이 썩어 들어갔다. 속이 타는 건 곽 사장뿐이었다.

어쨌든 처남이 곽 사장을 완벽하게 벗겨 먹은 거였다. 그래도 곽 사장은 언제이고 금괴가 국내로 들어올 거라는 희망의 끈을 놓지 못했다. 애가 타고 화가 났지만 처남이 자신한테 사기 쳤을 거란 생각은 끝끝내 하지 않았다. 그걸 인정하는 순간 하늘이 무너지는 거였다.

화룽자산관리공사 사장인 라이샤오민이 사정당국에 구속됐다가 속전속결로 사형까지 처해졌다는 뉴스를 듣고 나서야 곽 사장은 속았다는 걸 깨달았다. 사기당한 걸 인정하지 않을 수 없었다. 뒤이어 처남이 빈털터리가 된 채 필리핀 카지노 근처에서 빈둥거린다는 이야기가 들려왔다. 곽 사장은 벼랑에서 추락해 온몸이 으스러진 느낌이었다.

그 돈이 어떤 돈인데? 그거 날리면 어쩌라고? 미국에서 유학하는 아들 민석이 생활비는 어떻게 보내라고? 정말 폭삭 망한 건가? 유서를 쓰고, 목을 매야 하나?

별의별 생각이 다 들었다. 누구한테 호소할 수도 없고, 끙끙 앓기만 했다. 속은 까맣게 타서 숯덩이가 됐다. 처남이 어디 있는지 수소문해 보았지만 이미 무너진 모래성이었다. 그의 수중에 남은 건 없었다. 펑 귀 먹은 자리만 있을 뿐.

처음부터 말이 되지 않는 사업 아이템이었다. 욕심이 목구멍까지 차 있다 보니 자청해서 발목이 잡힌 거였다. 남도 아닌 처남이 자신을 속였다는 게 더 분했다. 온갖 감언이설을 늘어놓던 입속에 똥을 처넣고, 모가지를 비틀어 죽이고 싶었다. 아내마저 꼴 보기 싫었다. 그렇다고 암 병동에 누워 오늘 내일 하는 아내와 갈라설 순 없는 노릇이었다.

곽 사장은 너무 분하고 억울해서 심장이 터질 것 같았지만 십삼 억은 이미 떠난 버스였다. 오랜 고민 끝에 결론을 내렸다. 잃어버린 십삼 억을 회복하는 건 딱 한 가지뿐이었다. 보험이었다. 일단 보험을 들 수 있는 대로 다 들어놓고 자작극을 벌이는 거였다. 이렇게 망하든 저렇게 망하든 결과는 마찬가지니 뭐든 해야만 했다. 장사로 회복하는 건 어림없는 일이었다.

생명보험이나 암보험 하나 들지 않았던 그는 재물손괴보험, 화재보험, 보석전용보험까지 닥치는 대로 가입하기 시작했다. 아무리 생각해보아도 그 방법밖에 없었다.

보석전용보험은 조건이 까다롭고, 보험료도 비쌌다. 실제 보석의 가치를 평가하기 어려웠고, 도둑이나 분실사고가 났을 때, 그 유무를 확인하는 게 쉽지 않았기에 그럴 수밖에 없었다. 보험사

직원이 부정기적으로 불시에 매장을 방문해서 어떤 보석이 있는지 실사까지 받겠다는 것에 동의해야만 했다. 거래실적은 물론 금고 속까지 다 드러내보여야 할 판이었지만 보험가입만 된다면 그건 문제가 아니었다. 보험사에서 매장을 몇 번씩 방문해 이것저것 속속들이 다 뜯어보고 살펴보았다. 결국 까다로운 심사 끝에 어렵게 보석전용보험도 가입되었다.

곽 사장이 화재보험까지 든 건 어떻게 해서라도 건물까지 전소시켜 그에 대한 보험금으로 아예 새 건물을 짓고 장사하겠다는 생각에서였다. 일종의 창조적 파괴였다.

서너 개의 보험가입을 끝내고, 보험료까지 납부하면서 목표를 향한 의지는 송곳처럼 날카로워져 갔다. 자나 깨나 어떻게 하면 건물을 통째로 날릴 것인가에 대한 생각뿐이었다. 보석판매는 뒷전이었다.

보험금을 의심받지 않고 타내기 위해서는 치밀한 계획을 세우는 게 급선무였다. 워낙 보험사기가 많아 보험사도 호락호락하지 않는 게 엄연한 현실이었다. 어설프게 했다간 오히려 감옥행이었다.

곽 사장은 강도 자작극과 화재로 건물을 날려 보낼 시나리오를 짜내는데 아이디어를 총동원했다. 일이 잘못되면 진짜 폭삭 망하는 거였다. 곽 사장은 이층 세공실의 박씨부터 정리했다. 사람이

여럿이면 일을 도모하는데 방해되기 십상이었다. 박씨를 끌어들여 함께 도모해볼까 싶기도 했지만 결론은 아서라, 였다. 그가 기꺼이 동참할지 또 비밀을 지켜줄지 확신이 서지 않았다. 일단은 혼자 진행하기로 마음을 정했다.

혹 박씨를 내보낸 뒤 고가의 보석 주문이 들어오면 다른 세공사에게 부탁하면 될 일이었다. 곽 사장은 박씨한테는 업종을 바꿔볼 계획이라는 핑계를 댔다. 하루아침에 일손을 놓게 된 세공사 박씨는 자신의 경력과 기술에 비해 높은 봉급을 받는 게 아니었던 터라 별로 아쉬워하지 않았다. 또 전에 비해서 고객의 보석 주문이 거의 반으로 줄어들었기 때문에 어느 정도 예상하고 있었다. 보석상들이 모여 있는 종로 쪽으로 가면 새로운 세공실을 찾는 건 어렵지 않았다.

곽 사장은 원했던 대로 보험을 들었으니 첫 단추는 제대로 꿴 거라고 생각했다. 자작극 강도는 어떤 수법으로 하고, 불을 어떻게 낼 것인가에 대한 계획을 짜기 시작했다. 사실 그게 중요했고, 전부였다.

일단 강도 자작극의 연기를 해줄 사람은 자신과 아무 연고가 없는 이를 캐스팅하는 게 필수조건이었다. 가족이나 지인이 끼게 되면 의심받을 게 뻔했다. 보험회사와 경찰의 의심을 피하기 위해선 자연스럽게 실제처럼 연기하고, 신분 추적도 불가능해야만 했다.

건물에 불을 내는 것도 일반적인 화재가 아니라 완전 전소가 되어야 했다. 누전으로 인한 화재나 부주의한 가스레인지 때문에 일어난 화재로는 어림없었다. 소방차가 현장에 도착하기 전에 건물 자체를 완전 붕괴시켜야만 보험금을 받아 신축 건물을 올릴 수 있을 터였다.

강도 자작극과 화재를 동시에 일으켜야 그야말로 일타 쌍피가 되는 거였다. 그렇게 치밀하게 계획을 세우고 디데이를 정하면 끝이었다. 아니 새로운 다파니 주얼리 숍의 역사가 시작될 것이었다.

곽 사장은 자나 깨나 강도 자작극과 불낼 궁리뿐이었다. 식사를 하고, 매장을 찾아오는 고객을 대할 때도, 미국에서 유학하는 민석이한테서 걸려온 전화를 받을 때도, 아내의 병실로 면회를 가서도, 한강 공원에서 걷기 운동을 할 때도, 화장실에서 소변을 보며 오줌발을 흔들어대면서도 온통 그 계획을 짜내는 데 골몰했다. 뚜렷한 목표는 인생을 송곳으로 만든다고 하지만, 곽 사장이 세운 건 목표가 아니라 망상에 가까웠다.

중국집 주방장이 도박에 빠지면 자장면이 불어 터져버리고, 축구팀 코치가 사랑에 빠지면 팀이 지게 돼 있단 말이 괜한 게 아니었다. 매장으로 찾아오는 손님은 점점 줄어들고, 다파니 주얼리 숍도 어딘지 모르게 생기를 잃어갔다.

곽 사장은 매장에 앉아 있다가 밖으로 나와 담배를 한 대 피우며 건물을 올려다보며 즐거운 상상을 하는 게 일이었다. 낡은 건물의 자리에 굴삭기로 터파기를 하고, 기둥과 보를 만들자 금세 외관이 갖춰졌다. 건물 외장은 통유리와 징크 자재를 써서 심플하고 모던하게 치장할 작정이었다. 헬싱키로 여행 갔을 때 단번에 시선을 잡아 끈 건물이 징크 자재로 외관을 꾸민 거였다. 세련되게 보이기도 했지만 친환경적이고, 내구성도 뛰어난 게 마음에 쏙 들었다. 내부는 인테리어 업자와 의논해서 할 테지만 외관만은 반드시 통유리와 징크 자재로 하리라 마음먹었다.

곽 사장의 머릿속에 완벽한 조감도가 그려졌다. 삼십 년도 넘은 우중충한 건물은 어느새 빛이 나는 건물로 탈바꿈했다. 멀찍이서 바라보든 가까이서 올려다보든 매력적인 건물이 되었다. 기분이 흐뭇했다. 그런 상상을 하다 보니 처남한테 당한 배신감도 조금 누그러졌다. 매장에 들어갔다가 이내 다시 밖으로 나와 건물 바라보기를 반복했다. 그게 일과였다.

곽 사장이 그렇게 풀방구리에 쥐 드나들듯 할 즈음, 바로 건너편 건물의 옥상에서 강진과 중간, 하득은 타깃으로 삼은 다파니 주얼리 숍을 살펴보고 있었다. 현장답사에 나선 것이었다.

세 친구는 절뚝거리며 걷는 곽 사장을 보자마자 거의 동시에 기절할 것 같은 표정이었다.

강진의 입에서 바로 욕이 터져 나왔다.

"씨발, 자율방범대 그 새끼다."

중간과 하득도 가만있지 않았다.

"하아, 세상 졸라 좁다."

"원가로착(冤家路窄). 원수는 외나무다리에서 만나는 법인 겨."

곽 사장은 마스크도 쓰지 않은 채 매장 앞 도로에 차를 세우고 내리는 운전자에게 주차하면 안 된다고 핏대를 올리고 있었다. 그가 말을 할 때 입이 삐뚤어지는 건 변함이 없었다.

십여 년 전, 이촌공원 화장실에서 크로스백을 유유히 채갔던 바로 그 자율방범대원인 게 확실했다.

강진은 흥분해서 소리를 질렀다.

"이건 운명이다! 원래 우리 돈을 찾는 거야."

4

비관주의자는 낙하산, 낙관주의자는 비행기를 만드는 법

"아냐. 진짜 내 인생 바꿀 겨. 태국에 갈 겨. 정말이여."

"그러니까 해. 해보라고. 우리가 인신매매를 하는 거도, 금융사기를 치는 거도 아니잖아. 무슨 혁명을 하는 거도 아니고, 나라를 팔아먹는 거도 아냐. 멀쩡한 젖꼭지 가지고 살아보겠단 거잖아. 물론 다른 사람한테 쬐끔 피해를 주긴 하겠지. 근데 우리가 한 번 가해자가 된다고 해서 세상이 무너지는 거도 아냐. 세상에 나쁜 놈들이 정말 얼마나 많은데."

*

세 친구는 다파니 주얼리 숍을 연이어 답사했다. 답사를 할 때마다 강진은 씩씩거리며 말했다.

"우린 강도가 아냐. 십 년 전 빼앗겼던 걸 찾는 거야."

중간도 가만있지 않았다.

"그 돈 가지고 보석가게 차린 거 아닐까?"

하득이 코를 후비며 말했다.

"내가 경찰 부를 껴."

강진과 중간은 어이없다는 듯 동시에 하득을 쏘아보았다.

"뭐 꼭 경찰을 부른다는 게 아니라 콩밥 먹여야 한다는 말인 겨."

답사는 CCTV가 설치돼 있지 않은 골목을 동선으로 삼아 주로 야간에 이루어졌다. 효과적인 도주로를 계산해가며 거리를 재보기도 했다. 답사를 하고 나면 목표의식은 더 뚜렷해졌다. 세 친구한텐 한탕털이가 아니라 일종의 성전(聖戰)이었다.

세 친구는 우선 작전을 실행하는데 필요한 도구들을 준비했다. 동네 철물점과 인터넷 구매는 일단 피했다. 혹 실수로 현장에 도구 하나라도 떨궈 놓기라도 하면 그게 수사의 단서가 돼 꼬리 잡히기 쉬웠다. 흔적을 남기지 않는 덴 뜨내기들이 몰려드는 황학동 도깨비시장이 그만이었다.

세 친구는 도깨비시장으로 가서 각자 분담한 대로 쇠망치와 칼, 테이프와 목장갑, 모자와 전기충격기까지 샀다. 모자는 턱까지 내려오는 비니 모자였는데 마음에 꼭 들었다. 비니 모자에 구멍을 뚫어 그걸 푹 내려쓰면 CCTV에 찍혀도 그들이 누구인지 특정하기 어려웠다. 보석을 쓸어 담을 수 있는 쇼핑백도 빠뜨리지 않았다. 모든 준비물은 구경꾼들이 엄청나게 쏟아져 나오는 휴일을 택해 구입했다. 만약을 위한 대비였다. 많은 사람들과 뒤섞여 있으면 구매자의 신분을 알아내는 건 거의 불가능했다.

다파니 주얼리 숍을 터는 건 단, 일 분 안에 끝내야 했다. 번갯불에 콩 볶아 먹듯 순식간에 후딱 해치우는 거, 거기에 성공 여부가 달려 있었다. 범행 후 현장을 빠져나오려면 무엇보다 빠른 기동력이 필요했다. 우선 차량을 구입하는 게 시급했다. 강진은 옥탑방을 월세로 전환해 전세보증금을 일부 돌려받았기에 대포차 구입 비용과 작전 실행 이후 보석을 처리할 때까지 쓸 자금은 어느 정도 가지고 있었다.

강진은 외삼촌이 중고차 딜러를 하는 중간에게 차량 구입을 맡겼다. 중간도 잠깐이긴 했지만 중고차 판매의 전력이 있었다. 강진은 중간에게 삼백만 원을 건네주며 말했다.

“대포차가 좋아. 나중에 혹시 경찰이 차량 조회를 할 수도 있으니까.”

“근데 아무리 대포차라도 삼백으로는 좀 그렇다.”

“그냥 굴러가기만 하면 돼.”

“연식이 좀 됐어도 상관없지?”

“핸들하고 바퀴만 달려 있으면 된다니까.”

“알았어.”

하득이 한마디를 보탰다.

“기름 냄새만 맡아도 엔진이 부릉부릉하는 놈이 있는 겨. 그런 놈을 찾아.”

중간은 하득의 말이 말 같지도 않다는 듯 들은 체 만 체했다. 강진이 중간에게 중고차 구입을 맡긴 건 돈에 대한 욕심이 없다는 걸 알기 때문이었다. 그가 삼백만 원을 가지고 사고 칠 일은 없었다. 중간도 당연히 대포차를 구입해서 작전을 개시하고, 성공하면 바로 태국으로 날아갈 꿈에 부풀어 있었다. 강진은 셋이 다 같이 가서 살까 싶기도 했지만 우르르 떼 지어 가면 대포차로 무슨 일을 벌이는 건 아닐까 하는 의심을 받겠다 싶어 중간 혼자 보냈다.

중간이 외삼촌과 통화를 끝내고 대포차량을 인수받으러 가던 중 복권방이 눈에 보였다. 그의 시선이 꽂힌 건 로또가 아니라 즉석 복권이었다. 1등 10억. 아니 1등에는 관심이 없었다. 2등에서 불꽃이 강렬하게 튀었다. 2등 1억. 거기다 2등 당첨자는 한 명이 아니라 열여섯 명이나 되었다.

한 명이 아니라 열여섯 명이라고? 와아, 열여섯 명이라. 중간은 삼백만 원어치를 사면 확률도 그만큼 높아지니까 2등이 불가능한 건 아니라는 생각이 얼핏 들었다. 삼백만 원어치를 산다면 열여섯 명 가운데 하나쯤 안 걸리겠어! 그런 생각은 어느새 확신으로 변했다.

2등에 당첨이 돼서 1억을 받는다면 세 사람의 수술비로 충분했다. 그렇게 되면 굳이 대포차를 사서 다파니 주얼리 숍을 털 필요도 없었다. 그런 생각이 확신으로 변하자 마치 2등에 당첨이 된 것 같은 착각마저 들었다.

중간은 복권방으로 들어가 자리를 잡았다. 먼저 즉석 복권 십만 원어치를 사서 긁기 시작했다. 맛보기였고, 일종의 애피타이저인 셈이었다. 십만 원어치를 다 긁었지만 천 원짜리가 열다섯 장이 당첨됐을 뿐, 2등은 코빼기도 보이지 않았다. 순식간에 십만 원을 썼지만 그건 2등을 따내기 위한 입장료쯤으로 여겼다.

이어 바로 삼십만 원어치를 사서 정신없이 긁어댔다. 어쩌다 만 원짜리 두 장과 천 원짜리 송사리들만 걸려들었다. 등이 근질거리고, 이마에서는 땀이 났다. 주변 사람들도 구경거리가 생겼다는 듯 힐끔힐끔 쳐다보았다. 신나는 건 복권방 주인이었다.

이백만 원어치를 긁을 때까지 고액 당첨이 되지 않자 중간이 처음에 가졌던 확신은 불안감으로 변해 엄습해오기 시작했다. 얼마나 힘껏 긁었던지 손목이 거의 마비될 지경이었고, 뒷목까지 뻐근했다. 이백만 원어치를 다 긁었지만 2등 당첨은 코빼기도 보이지 않았다. 어찌해야 좋을지 막막했다. 대포차 값으로 준 돈을 날렸으니 외삼촌한테 가기도 그렇고, 그냥 돌아갈 수도 없는 노릇이었다.

중간은 복권방에서 나와 한숨을 내쉬었다. 남은 돈은 백만 원뿐이었다. 아득했다. 그는 약국으로 들어가서 박카스 세 병을 사서 연이어 다 마셔버렸다. 입안에 가득하던 달콤한 맛이 온몸으로 퍼지자 기분은 조금 나아졌다. 그것뿐이었다. 방법을 찾아야 했지만 캄캄할 뿐 빛이 보이지 않았다. 자신의 통장에 있는 돈을 다 인출해봤자 고작 삼십만 원이었다. 대포차 값으로는 턱없이 부족했다.

중간은 어디로 가야 좋을지 몰라 서성거리고 있었다. 그의 발길은 자신도 모르게 다시 복권방으로 향하고 있었다. 중간은 복권방의 문을 열고 들어서면서 입술을 지그시 깨물었다. 여기서 포기할 수는 없었다. 그만두고 싶어도 그만둘 수 없는 상황이었다. 수중에 남아 있는 백만 원으로는 대포차도 어림없었고, 그렇다고 강진에게 백만 원만 돌려주는 것도 말이 되지 않았다. 어차피 끝을 봐야 했다. 아니, 반드시 2등을 잡아야 했다.

중간은 이놈의 복권방은 터가 안 좋은가 싶어 다른 복권방을 찾아 그곳으로 들어갔다. 불안감과 초조함을 떨쳐내려는 듯 심호흡을 한 뒤 다시 집중해서 즉석 복권을 긁어대기 시작했다. 1억 원의 기대에 찬물을 끼얹은 현실을 맞닥뜨리는 건 오래 걸리지 않았다. 자신의 통장에 있던 삼십만 원까지 모두 인출해서 긁었지만 나오는 건 한숨뿐이었다.

"씨발, 이거 사기야. 날 강도 같은 새끼들."

중간은 계속 울려대는 외삼촌의 전화를 간신히 받고 급한 사정이 생겨 차량 구입은 어렵다고 둘러댔다. 사실대로 말할 수 없었다. 차량을 끌고 올 자신을 기다리고 있는 강진과 하득에게 빈손으로 돌아갈 생각을 하니 더 막막했다. 어디 가서 남의 차를 훔칠 수도 없는 노릇이었다. 그렇다고 한강에 가서 투신을 하는 것도 우스운 일이었다.

누구나 욕심을 부리지만 그 욕심을 채우는 건 거의 불가능한 일이다. 욕심은 다 채워주는 게 아니라 가지고 있는 것마저 거덜을 내고 말기 때문이다. 욕심에 사로잡히면 결국은 마음까지 다 망가지는 법이다. 애초부터 욕심이 그렇게 생겨 먹었다는 걸 알면서도 사람들은 종종 그걸 잊어버린다.

중간은 갈 곳이 없었다. 한 곳뿐이었다. 강진의 옥탑방. 피할 데가 없었다. 또 피한다고 해결될 일도 아니었다.

그가 어깨를 축 늘어뜨리고 맥없이 터덜터덜 걸어 골목을 들어섰을 때 집 앞에서 올 줄 알았다는 듯 강진과 하득이 기다리고 있었다. 빈손으로 오는 중간을 보자마자 강진의 인상이 일그러졌다. 눈치를 챈 모습이었다. 하득이 먼저 물었다.

"차는 어디 있는 겨?"

중간은 대답 대신 한숨을 내쉬었다. 하득이 목소리를 높여 물었다.

"어디다 둔 겨?"

중간이 더듬거렸다.

"다 날렸다."

"차를 어떻게 날리는 겨?"

하득은 이게 뭔 소리인가 싶어 눈이 휘둥그레졌고, 강진은 이건 아니라는 듯 고개를 좌우로 저었다. 그리고는 자신의 머리를 벽에 부딪치며 늑대처럼 소리를 질렀다.

"아, 씨발!"

이마에서 피가 주르륵 흘렀다. 중간은 차라리 주먹으로 자신을 두들겨 팼으면 했지만, 강진은 오히려 벽에 자신의 머리를 계속 부딪치며 자책했다.

"미안하다. 다 내 잘못이야. 널 믿는 건 지금도 변함없어. 단지 돈을 잘못 믿은 거지. 네가 그런 게 아니라 돈이 그렇게 한 거야. 돈이."

하득이 이해되지 않는다는 듯 말했다.

"뭔 소리인 겨?"

"돈이 중간일 배반한 거야. 중간이 돈을 속이진 않았을 거야. 그럴 거야. 맞아. 그래. 그게 아니라면 내가 저 새끼, 보자마자 죽여 버렸어."

"이게 무슨 처녀귀신 빤쓰 벗는 소리도 아니고, 뭔 소린 겨?"

"난 말이야, 비관주의자는 되고 싶지 않아. 아직은 게임이 끝나지 않았거든. 아니지. 시작도 안 한 거지."

"그게 뭔 소리냐니께! 중간이 저 새끼가 공금을 횡령한 거 아닌 겨?"

하득은 강진이 하는 말이 무슨 소리인지 도저히 알 수 없다는 듯 고개를 연신 저었다. 중간은 기어들어가는 소리로 딱 한마디했다.

"미안하다."

강진이 말했다.

"플랜 비로 하자."

하득이 말했다.

"플랜 비는 또 뭔겨?"

"영화 〈미션 임파서블〉에서 톰 크루즈가 미션을 어떻게 성공하는지 알아?"

"……?"

"승부욕! 승부욕 때문이야. 그래서 성공하는 거야. 한 번 실패한 걸 그냥 받아들이면 끝이야. 그걸로 끝이야. 아무것도 아닌 거지. 우리한테 미션은 이제부터 시작이야. 바로 지금부터."

하득은 어안이 벙벙했고, 중간은 강진이 충격을 받아 헛소리를 하는 거라고 생각했다. 어쨌든 대포차량 구입은 없는 일이 되고 말았다. 그렇다고 다파니 주얼리 숍을 터는 계획까지 포기한 건 아니었다. 이미 다 사라진 삼백만 원을 두고 싸우다보면 그야말로 내분이 일어나 태국행 계획 자체가 흐지부지되고 말게 뻔했다.

대포차를 구입하는 건 수단이었지 그것 자체가 최종 목표는 아니었다. 강진은 화가 났지만 더 큰 목표를 위해 참았다. 강진은 플랜 B를 준비했다. 차가 아니라 오토바이를 훔쳐서 작전을 펼치는 거였다.

그런 계획을 세우자 훈련이 바로 전투라는 의지로 준비도 실전처럼 했다. 중간은 자신이 지은 죄가 있어서인지 군말 없이 잘 따랐다. 강진은 매장을 턴 뒤 도주하는 덴 차보다 오토바이가 더 효과적이란 생각이 들었다. 기동력도 빠르고, 좁은 골목으로도 쉽게 도주할 수 있기 때문이었다. 여차하면 팽개쳐 버려도 아쉬울 게 없었다. 또 자신이야말로 오토바이를 잘 타는 최고의 라이더가 아니던가.

그렇게 생각하니 삼백만 원은 허공으로 날아간 게 아니라 새로운 길을 열어주기 위한 하늘의 계시가 아닌가 싶었다. 그 계시가 좀 더 빠른 시간에 왔더라면 좋았겠지만 탓해 봤자 죽은 자식 불알 만지는 격이었다.

강진은 대범하게 중간을 결코 탓하지 않겠다고 몇 번이고 다짐했다. 정상적인 젖꼭지를 회복하는데 그런 작은 시련쯤은 당연히 있는 거라고 스스로 다독거렸다.

강진은 플랜 B에 따라 오토바이를 구매가 아니라 과감하게 훔칠 작전을 세웠다. 두 대였다. 강진이 먼저 손수 시범을 보였다. 동대문시장 상가 도로에 의류 원단과 부자재를 배달하기 위해 서 있는 90cc 오토바이를 훔쳐 타고 왔다. 이틀 내내 먹잇감을 찾아 기웃거리다 열쇠가 꽂혀 있는 오토바이를 낚아챈 거였다.

의기양양했다. 훔칠 때는 속이 떨렸지만 손수 모범을 보였다는 게 뿌듯했다. 강진은 역시 그의 이름값을 했다. 세 친구는 마치 다파니 주얼리 숍을 턴 것처럼 잔뜩 들떴다. 대포차 때문에 분위기가 가라앉았었는데 강진이 타고 온 오토바이로 인해 엉덩이까지 들썩일 정도로 사기충천이었다.

두 번째 목표물은 대림동의 중국집 배달용 50cc 오토바이였다. 원단과 부자재를 취급하는 의류시장도 그렇고, 중국집도 주문받자마자 신속한 배달을 위해 늘 스탠바이 상태였기에 열쇠를 그대로 꽂아두는 경우가 적지 않았다.

대림동 중국집 오토바이를 훔칠 때는 약간 마찰이 있기도 했다. 중간과 하득은 서로 상대한테 미루는 바람에 어쩔 수 없이 가위바위보로 결정했다. 중간은 자신이 지자 투덜거렸다.

"한 번도 안 해본 걸 왜 나한테 시켜?"

강진은 단호했다.

"그래서 시키는 거야. 경험도 쌓고 깨달음도 얻으라고. 나도 했잖아."

중간은 막상 현실로 닥치자 겁이 나는지 얼굴빛마저 변했다. 이미 삼백만 원의 전죄 때문에 하지 않겠다고 계속 고집부릴 수도 없었다.

"그 오토바이에 셋이 타면 안 되나. 90cc잖아. 난 아무래도 예감이 안 좋아. 꿈도 뒤숭숭하고."

강진의 인상이 험하게 일그러졌다.

"아, 씨발. 나처럼 그냥 타고 오면 돼. 그거 구려서 주인도 신경 안 써."

중간은 기어들어가는 소리를 냈다.

"오토바이가 없으면 중국집에선 배달을 어떻게 하지?"

그 말에 강진은 어이없다는 표정을 지었다. 중간은 자신이 삼백만 원을 날렸고, 가위바위보 게임에서도 졌으니 할 말이 없었지만 한 번도 해본 적이 없는 도둑질을 하려다보니 떨리는 건 어쩔 수 없었다.

강진은 머뭇거리며 핑계를 대는 중간을 가만두지 않았다.

"앞으로도 한쪽 젖꼭지만 단 채로 살 거야? 태국에 따완 의사 만나러 안 갈 거냐고! 지금 주춤거릴 여유 없어. 이 기회 놓치면 끝이야. 우리가 젖꼭지 때문에 고민하는 거 아무도 알아주지도 않고, 안다고 해도 웃음거리만 될 뿐이야. 우리 스스로가 극복해야 돼. 톡 까놓고 말해 취직 못하고 연애 못하는 거도 젖꼭지 콤플렉스 때문이잖아. 만약 우리 젖꼭지가 세상에 알려지면 와아,

생각만 해도 끔찍하다. 오랑우탄처럼 구경거리로 딱이지. 유튜버들이 카메라 들고 벌떼처럼 몰려올 거다. 사임이가 왜 떠났겠니? 내 마음 다 주고, 영혼까지 탈탈 털어 줬는데도 젖꼭지 때문에 떠난 거야. 그거 때문에 개무시 당한 거라고. 남들은 이해 못해. 죽었다 깨도 이해 못해."

강진의 말에 중간은 고개를 푹 숙였다. 틀린 말이 아니었다. 누구한테도 털어놓지 못한 치명적인 급소가 한쪽밖에 없는 젖꼭지였다. 그거 때문에 일자리 구하는 게 꺼려졌고, 되는 일은 더욱 없었다. 한쪽 젖꼭지밖에 없는 바람에 군대에서 당한 수모는 이루 말할 수 없었다.

하긴 병역 신체검사장에서 군의관부터 킥킥대며 웃음을 참지 못했다. 한때 다단계 회사에 들어가 옥장판과 정수기 같은 고가의 물건을 팔 때도 힘들게 한 건 저조한 판매가 아니라 한쪽뿐인 젖꼭지에 대한 콤플렉스였다.

고객을 만나 상품을 설명할 때 시선이 자신의 젖꼭지를 꿰뚫어 보는 것만 같았다. 택시 운전을 할 때도 그랬고, 건설현장에서 잡역부로 일할 때도 마찬가지였다. 외삼촌 밑에서 중고차를 팔 때도 젖꼭지가 짓누르는 억압감에 시달렸다. 어디를 가든 누구를 만나든 지뢰를 밟은 것처럼 콤플렉스를 피할 수 없었다.

- 젖꼭지가 하나뿐이라니 다른 하나는 냉장고에 두고 왔나보네.

- 하도 맛있어 여자가 뜯어 먹어버렸군.

- 혹시 나머지 한쪽은 등에 달렸나?

- 애꾸눈처럼 애꾸젖꼭지네.

- 관종이라서 젖꼭지 하나를 일부러 뽑아낸 거 아냐?

환청은 끊임없이 들려왔다. 그걸 극복하려고 왼쪽 가슴에 매직으로 젖꼭지를 그려보기도 했고, 실리콘을 콩알 크기로 만들어 순간접착제로 붙여보기도 했다. 어떤 것도 젖꼭지가 되진 못했다. 콤플렉스도 떨쳐지지 않았다.

중간은 웃음거리에서 벗어나고 싶었다. 콤플렉스를 말끔히 털어내려면 젖꼭지 성형을 하는 게 최선이었다. 다른 방법은 없었다. 다파니 주얼리 숍을 터는 계획도 그걸 떨쳐내려고 세운 게 아니던가. 태국의 따완 의사한테 수술을 받고 온다면 그때는 새로운 인생이 펼쳐질 게 확실했다. 동네 헬스장에서도, 여름의 해수욕장에서도 꺼려 할 게 없을 터였다. 번듯한 직장도 잡고, 여자 친구를 사귀는 게 눈에 선했지만 오토바이를 훔치는 건 거의 본능적으로 망설여졌다. 복권방에 들어갔던 게 원망스러웠다.

중간이 자꾸 머뭇거리자 강진은 비장한 표정으로 최후의 통첩을 날렸다. 충분히 위협으로 느낄 만한 말이었다.

"우리가 더 이상 친구로 함께 가긴 힘들겠다."

그 말에 중간은 피할 데가 없다는 생각이 들었다. 아니 피해서는 안 된다고 자신을 몰아세웠다. 새로운 인생이 펼쳐지는데 그걸 외면하면 평생 루저로 낙인이 찍힐 게 뻔했다. 이판사판 어디 한번 해보자, 하는 마음을 먹자 두려움도 조금 사라졌다.

지나치게 겁에 질린 나머지 결정하기가 어려워서 그랬지 정작 부딪쳐보니 어려운 게 아니었다. 중국집 앞에 세워져 있는 50cc 오토바이를 눈을 부릅뜨고 지키는 주인도 없었고, 지나는 행인 누구도 신경 쓰지 않았다. 개인이 애지중지하는 스쿠터라면 사정이 달랐겠지만 자물쇠를 채워 도로에 세워둔 자전거를 훔치는 것보다 오히려 쉬웠다.

중간은 눈치를 살피다가 슬금슬금 오토바이로 다가가 마치 자신의 것인 양 시동을 걸고 냅다 달렸다. 액셀러레이터를 당기자 속도가 쑥 올라갔다. 짜장면이나 짬뽕이 불기 전 빨리 배달하기 위해 오토바이 속도를 높이는 건 당연했기에 이상하게 쳐다보는 사람도 없었다. 도둑 잡으라고 소리치는 사람도, 쫓아오는 이도 없었다.

결국 중간도 장대한 일을 해냈다. 훔친 오토바이를 무사히 타고 와 만면에 웃음을 지었다. 흥분을 주체하지 못해 환호성을 질렀다.

"야, 이제 다 끝났어. 태국 가는 거야. 따완한테 가즈아!"

그가 생전 처음 해낸 역사적인 도둑질이었다. 알을 깨고 새로운 세계를 향해 날아가는 순간이었다.

세 친구는 훔친 오토바이를 타고 한강 이촌공원으로 나갔다. 강진이 핸들을 잡은 90cc 오토바이 뒤에는 하득이 탔고, 50cc는 중간이 몰았다. 오토바이는 몸에 금세 익숙해졌다. 달리는 폼이 딱 몽고 기마병이었다.

오토바이 헬멧은 중고나라 사이트에 올라온 걸 샀다. 세 번에 걸쳐 간첩 접선하듯이 길거리에서 판매자를 만나 현금을 건네고 헬멧을 받았다. 이번에는 셋이 함께 움직였다. 거래는 단 삼십 초 만에 이루어졌다. 오토바이 헬멧도 사 온 걸 그대로 쓰지 않았다. 온갖 스티커를 붙여 이미지를 완전히 바꾸었다. 판매자도 알아보지 못할 정도로 바꾸어놓았다. 실전에 쓸 도구 하나하나에 온 신경을 썼다. 꼬리 잡히지 않고, 어떤 흔적도 남지 않도록 철저하게 준비했다.

다파니 주얼리 숍의 습격작전 계획은 옥탑방에서 은밀하게 세웠지만, 실제 액션은 주로 한강 이촌공원에서 이루어졌다. 이촌공원은 십년 전에 세 친구를 각별하게 엮어준 유적지였고, 지금은 훈련장이나 다름없었다. 하긴 그들한테만 의미 있는 공간이 아니었다. 공원 어디서든 희로애락의 표정과 몸짓이 넘쳐흘렀다.

롤러 블레이드를 타는 아이들, 강아지를 데리고 산책하는 여자, 사이클을 타는 젊은이, 트롯을 부르며 춤추는 아저씨, 150kg 쯤 되는 체구의 청년이 운동기구에 매달려 지구중력을 온몸으로 지탱하는 안쓰러움도 있고, 귀를 즐겁게 하는 버스킹을 하는 가수도 눈에 띄었다. 놀이터에서 팝콘을 먹는 아이의 표정은 팝콘처럼 활짝 터졌고, 벤치에 앉아 햇볕을 쬐며 느긋하게 오수에 빠진 노숙자도 있었다. 편의점 의자에 앉아 《노인과 바다》를 읽는 노인은 세상사를 달관한 초인 같았고, 강변 보도를 계속 오르내리는 중년 사내는 순례자처럼 보였다. 기쁨으로 시간을 보내는 사람, 우울한 눈길로 강물을 바라보는 사람, 치맥을 먹으며 젊음을 발산하는 사람, 사랑이 넘쳐흐르는 눈빛을 나누는 사람, 고기낚시에 인생이 낚인 사람, 강물을 배경으로 사진을 찍는 사람의 추억들이 동시다발로 인화되고 있었다.

세 친구한테 이촌공원은 편했다. 참견하는 이도 시선을 받을 이유도 없었기에 기동력 테스트하기 안성맞춤이었다. 조금 아쉬운 건 오토바이의 성능이었다. 연식이 오래되어 곳곳이 녹이 슬고, 시동을 걸면 천식 앓는 소리를 냈다. 그래도 달리는 덴 별 문제가 없었다.

기동력이 갖춰지자 이번에는 동네 마트를 대상으로 실전연습을 했다. 마트의 바깥 매대에 놓인 물건이 타깃이었다. 필요해서 훔치는 게 아니라 담력을 키우기 위해서였다. 재빠르게 현장에서 빠져

나오는 실전을 염두에 둔 연습이기도 했다.

이번에는 하득의 차례였다. 하득은 중간보다 더 망설이고 겁에 질려 있었다. 보석가게만 털면 되지 마트가 무슨 죄냐는 거였다. 그의 말이 틀린 건 아니었지만, 어떡하든지 피해보겠다는 핑계였다.

강진은 단호했다.

"죄책감이 들면 그만큼 겁도 나는 거야. 우리한테 최고의 방해물은 정직이야. 그딴 거 개나 줘버려."

하득도 만만히 물러서지 않았다.

"따완 의사를 만나 새 인생을 찾는 거도 중요헌디 나한텐 조상님의 피가 흐르고 있어. 나 충청도 양반이잖여."

강진이 쏘아붙였다.

"지랄하네. 어디서 약을 파니? 너 지금 무임승차하려는 거잖아."

"현장엔 분명히 갈 겨. 우리 돈을 찾는 거니께."

"야, 그게 한 번에 되냐? 지금도 바들바들 떨면서. 너 연습하지 않고 갔다간 바닥에 오줌 질질 쌀 거다."

"나 충청도 양반이잖여. 훔치는 건 좀 그려."

"그러면 고향으로 꺼져. 거기 가서 살아."

"에이, 그건 안 되야."

"왜?"

"거긴 미래가 읎어."

"그럼 여긴 미래가 있냐?"

"그건 잘 모르겄다."

"야, 어디에도 미래가 없다면 차라리 고향 가서 농사나 지어! 충청도 양반이 서울서 외톨이로 사는 거 졸라 쓸쓸하겠다."

"고향에서 외톨이로 사는 게 더 쓸쓸한 겨. 아니 비참한 겨."

몰아세우던 강진이 잠시 침묵을 지켰다. 그리고 다시 쏘아붙였다.

"넌 어떻게 너밖에 모르냐? 혼자만 생각하냐고?"

"난 옛날부터 혼자여. 천애고아(天涯孤兒)인 겨. 누구도 나한테 신경 안 썼으니께."

"지금 그런 얘기가 아니잖아."

하득은 계속 한숨만 내쉬었다. 젖꼭지가 정말 원망스러웠다. 하긴 새로울 것도 없었다. 하득이 초등학교 다닐 때 그의 어머니와 함께 동네 병원을 찾아간 적이 있었다. 젖꼭지가 없는 게 혹시 병은 아닌가 싶어 은근히 걱정이 됐던 거다. 하득의 가슴에 청진기를 몇 번 꾹꾹 대고 난 뒤의 의사는 별것 아닌 듯 말했다.

- 사내 녀석이 젖을 먹여야 하는 거도 아닌데 걱정하지 마요. 젖꼭지가 없다고 소화가 안 되는 거도 아니고, 잠을 못 자는 거도 아니니까.

- 그래도 다른 사람 이목이 있잖아유.

- 젖꼭지 봐라, 광고하고 다닐 거도 아닌데 보긴 누가 봐요.

- 읎는 게 그래도 자꾸 걸리니께유.

- 장님은 눈 없이도 살고, 귀머거린 못 들어도 삽니다. 젖꼭지 없다고 안 죽습니다.

- 어쩌다가 누가 보고 웃을 수도 있잖어유?

- 하참, 답답하네. 나 같은 사람도 삽니다.

의사는 머리숱이 하나도 없는 대머리였다. 머리에서 빛이 날 정도로 반들반들했다. 자신의 대머리처럼 젖꼭지가 없는 것도 의학적으로 큰 문제가 없을 거라는 말을 듣자 조금 안도가 됐다. 하지만 의학적으로 문제가 없다고 하더라도 혹시 젖꼭지 없는 게 액운을 타고난 사주팔자가 아닌가 싶어 점쟁이를 찾아갔다.

- 세상 사람이 다 가지고 있는 데 혼자만 없는 경우도 있고, 세상에는 없는데 혼자만 가지고 태어난 사람도 있어. 거기에는 뜻이 있는 거고, 그게 팔자인 거야. 젖꼭지도 다를 게 없어. 강원도에 가면 여덟 팔(八)자에 사나이 랑(郞)자를 쓰는 팔랑리라는 마을이 있어. 옛날 벼슬이 높은 대감집에 새 며느리가 들어왔는데 젖이 여덟 개인 거야. 돼지도 아니고 난리 났지. 당장 내쫓아야 한다고 말들이 많았지만 집안 어른께서 다 뜻이 있을 거라고 며느리를

감싸줬어. 그 뒤 일 년이 지나서 여덟 쌍둥이를 낳은 거야. 한꺼번에. 젖꼭지가 여덟 개였던 건 다 이유가 있었던 거지. 그 여덟 쌍둥이가 모두 잘 커서 높은 벼슬을 했어. 팔랑리라는 이름이 그래서 생긴 거고. 젖꼭지가 없는 거도 다 뜻이 있을 테니까 기다려 봐."

점쟁이의 말이 틀린 건 아니었다. 젖꼭지가 없는 건 무거운 짐을 지고 살아가야 한다는 의미였다. 어릴 때는 부끄러움 정도만 감수하면 그만이었지만 나이가 들기 시작하면서 누가 뭐라고 하지 않아도 없는 젖꼭지 때문에 열패감을 가지고 살아야 했다.

하득은 한숨을 내쉬고는 계속 말을 이어갔다.

"푸우, 너희들한테 이실직고(以實直告) 하는데 나 솔직히 겁나. 근데 태국에 가고 싶어. 아니 꼭 가야 혀. 거기 갔다 오면 내 인생도 바꿀 수 있잖여. 난 대학도 못 갔고, 우리 집엔 돈도 읎어. 씨부럴 젖꼭지도 읎고, 능력도 읎는 놈한테 희망은 개뿔인 겨. 어렸을 때부터 우리 아버진 내가 선생님이 됐으면 했지만, 그게 생각대로 되나. 선생님이 됐으면 부모님한테도 떳떳하고, 여자 사귀는 거도 어렵지 않았겠지. 근데 그게 원한다고 되는 겨? 인과응보(因果應報)라고 하지만 노력하지 않은 거도 아녀. 머리도 안 좋고, 젖꼭지가 읎는 거 때문에 자신감을 잃어버린 겨. 남대문시장에서 가방도 팔고, 경비원도 해봤지만 도저히 안 되는 겨. 보는 사람들 눈빛이 젖꼭지도 읎는 놈이 뭘 팔겄다고, 경비는 무슨, 그렇게 쳐다보는 거 같으니까 가슴이 팍 쪼그라드는 겨. 누가 뭐라 하지 않는데도 지레 짐작으로 그려. 반창고를 붙여서 다른 사람은 속여도 나 자신은 속일 수 읎잖여. 너희도 이미 봤지만 반창고를 붙여도 소용 읎어. 쪽팔리는 겨. 어떤 땐 젖꼭지 있다고 팔자 고치는 거 아니고 읎다고 해도 죽지 않으니까 그냥 내 식대로 살자고 마음먹었지만 소용 읎는 겨."

"넌 씨발 지금도 입으로만 변하려고 하는 거 같다."

"아냐. 진짜 내 인생 바꿀 겨. 태국에 갈 겨. 정말이여."

"그러니까 해. 해보라고. 우리가 인신매매를 하는 거도, 금융사기를 치는 거도 아니잖아. 무슨 혁명을 하는 거도 아니고, 나라를 팔아먹는 거도 아냐. 멀쩡한 젖꼭지 가지고 살아보겠단 거잖아. 물론 다른 사람한테 쬐끔 피해를 주긴 하겠지. 근데 우리가 한 번 가해자가 된다고 해서 세상이 무너지는 거도 아냐. 세상에 나쁜 놈들이 정말 얼마나 많은데."

중간은 격렬한 논쟁을 벌이고 있는 강진과 하득을 번갈아 쳐다보았다. 그리고는 이해한다는 듯이 고개를 끄덕이며 하득의 어깨에 손을 얹었다.

"먼저 삼백만 원 날린 거 내가 실수한 거야. 잘해 보려고 했는데 그렇게 된 거지. 미안해. 그리고 너 충분히 이해해. 모르는 거 아냐. 나도 중국집 오토바이 훔칠 때 떨리더라. 근데 내 젓꼭지를 먼저 찾아야 하잖아. 그게 중요하잖아. 중국집한테 미안하기도 했는데, 나중에 잘되면 그때 찾아가서 비싼 요리를 팔아주면 되겠다 싶더라. 훔친 오토바이도 일 다 끝나면 슬쩍 갖다 놓으면 될 거니까 미안한 마음도 풀리고, 훔치는 거도 어렵지 않더라. 너도 마찬가지야. 나중에 그 마트 가서 왕창 팔아주면 되는 거야. 우리가 돈쭐내주면 돼."

강진도 바로 한마디 보탰다.

"나도 일 끝내자마자 동대문시장 거기에다 다시 저 90cc 오토바이 갖다 놓을 거야. 오토바이가 필요해서 가져온 거지 탐나서 훔친 게 아니니까."

두 친구의 이야기를 들은 하득이 고개를 끄덕이며 말했다.

"알았어. 해보도록 노력할 거여. 아니 할 겨."

어쨌든 하득은 자신의 약속대로 마트에서 물건 몇 개를 훔치는데 성공했다. 대박세일을 하는 세제와 세 봉지를 함께 묶어서 싸게 파는 오징어땅콩 과자였다. 마트 출입구에서 멀찍이 떨어진 매대에 놓여 있던 물건이라 주인이 눈을 부릅뜨고 쳐다보지 않는 한 눈치 채기 어려웠다. 대한민국의 마트들이 밖에 물건을 쌓아두고 파는 건 일상적인 풍경이다. 도로에 물건을 너무 늘어놓는 바람에 오히려 행인에게 불편을 주는 게 더 문제였다. 누가 물건을 훔쳐 가랴 싶은 건 인간의 성선설과 고객의 양심을 믿기 때문인데 하득도 그걸 거스르지 못했던 거다. 끝내는 해냈지만.

실전훈련을 그렇게 다 끝냈다 싶었는데 하루는 하득이 열 개를 묶은 번개탄을 훔쳐서 들고 왔다. 강진과 중간의 표정이 묘하게 변했다. 중간은 비꼬듯이 말했다.

"번개탄 피고 함께 가잔 거야 뭐야?"

강진이 박수를 치며 말했다.

"그 정신 좋아. 폭망하면 번개탄 피우러 가자 이거잖아"

꿈보다 해몽이었다. 실전에 가까운 연습은 그것으로 끝이었지만, 다파니 주얼리 숍의 현장답사는 계속되었다. 세 친구는 현장답사를 할수록 이미 정상적인 젖꼭지를 회복한 것처럼 기운이 넘쳐흘렀다.

5

다이아몬드는 영원하다

"너랑 나 사이에 어떤 약속이 있다 해도 대단한 게 아니야. 계산에 맞춰서 주고받은 거지. 오랜 시간과 마음을 나눈 게 아니잖아. 그러니까 싫으면 언제든지 짐 싸. 이혼 서류에 도장 찍어줄게."

그렇게 히스테리 증세를 보이다가도 시간이 조금 지나면 죽고 못 사는 눈빛으로 애정 공세를 펼쳤다. 미치고 환장할 노릇이었다.

*

며칠 전부터 다파니 주얼리 숍에 이전에는 못 보던 여자 손님이 뻔질나게 드나들었다. 처음 보는 얼굴이었지만 대번에 눈길을 끌었다. 루이비통 가방을 들었고, 옷도 유명 디자이너의 핸드메이드 브랜드였다. 서른 전후쯤 됨직한 얼굴은 누가 보아도 혹 할만했다. 마스크를 썼음에도 배우 빰칠 만한 미모가 넘쳐흘렀다. 풍성한 가슴은 마치 자력이 센 자석처럼 남자들의 시선을 확 잡아끌었다. 거기다 은은하게 코끝을 스치는 크리스천 디오르의 향은 그야말로 수컷들을 자극하는 페르몬이었다.

그녀는 하루가 멀다고 다파니 주얼리 숍을 찾아왔다. 곽 사장은 보석전용보험사에서 불시에 확인 차 나온 직원이 아닌가 싶었다. 일종에 미스터리 쇼퍼 같은 냄새가 났는데 당연히 그럴 수밖에 없었다.

보석전용보험의 조건으로 매장을 방문해 불시에 보석을 체크하는데 동의했고, 그녀가 첫 번째 매장을 찾아왔을 때 찾는 물건이 있냐고 곽 사장이 물었지만 구경 좀 해도 되겠냐는 말 한마디뿐이었기 때문이었다. 그렇게 하라고 하자 한 시간쯤 둘러보고는 매장을 나가면서 내일 다시 와도 되냐고 물었다.

다음 날도 찾아와 한 시간쯤 디스플레이 된 보석들을 일일이 살펴보았다. 구매하려는 건지, 조사를 하는 건지, 아니면 음미하는 건지 도대체 알 수 없었다. 마치 박물관의 유물이나 화랑에 전시된 그림을 감상하듯이 진열대에서 시선을 떼지 않았다.

곽 사장은 이상한 고객이라는 생각이 들었지만, 그렇다고 그냥 나가달라고 말하기도 쉽지 않았다. 옷차림에 가방은 물론 얼굴까지도 돈 좀 있겠다 싶은 분위기를 풍겼던 터라 쫓아내고 말고 할 여지가 없었다. 거기다 그녀가 타고 온 승용차는 BMW였다. 며칠 계속 찾아오자 곽 사장은 은근히 그 시간이 기다려지기까지 했다. 조금 늦어진다 싶으면 시계를 들여다보며 초초해 할 정도였다. 고객으로서도 그랬지만 그녀의 매력이 곽 사장의 마음을 조금씩 흔들어놓기 시작했다.

일주일이 지났을 때 그녀가 곽 사장에게 뜻밖의 부탁을 했다.

"땅콩만한 다이아는 보여줄 수 없나요?"

다이아라는 말을 할 때 그녀의 눈빛이 다이아몬드처럼 빛났다. 정말 아름다웠다. 거기다 살짝 미소까지 지어보였다. 곽 사장은 그 순간 넋을 잃었다. 온몸이 휘청거렸다.

그녀는 다름 아닌 먹자골목 연탄구이집 셋째 딸 연희였다.

외모는 변한 게 하나도 없었다. 오히려 더 세련되고 성숙해진 느낌이었다. 연희는 자신이 보고 싶은 다이아몬드는 볼 수 없었다. 반지든 목걸이든 다이아몬드가 들어가는 보석은 주문을 받은 뒤에 세공하는 게 관례였다. 곽 사장은 연희의 미소에 혹했지만, 금고 안의 다이아몬드까지 꺼내 보여주는 건 내키지 않았다. 다이아몬드를 사겠다는 게 아니라 단지 보고 싶다는 건데, 거기에 장단을 맞출 수는 없었다.

그다음 날에도 연희는 출근하듯이 다파니 주얼리 숍을 찾아왔다. 얼굴을 처음 보았을 때는 워낙 출중한 미모였던 터라 예쁘다는 느낌이 전부였는데, 자세히 보니 눈 아래 다크 서클이 살짝 보였다. 짙은 화장을 했지만 잔주름과 다크 서클을 다 가리지는 못했다. 어딘지 모르게 고달픈 그늘이 묻어났다. 웅장한 교향악 속에 가늘게 들려오는 첼로의 선율 같은 비애의 잔주름이었다. 잔주름이 눈에 띄자 그녀의 얼굴도 어딘지 모르게 슬픔과 관능이 뒤섞여 있는 것처럼 느껴졌다.

곽 사장이 연희에게 녹차를 마시겠냐고 묻자 커피메이커에 내려져 있는 커피를 손으로 가리켰다. 리듬이 있고, 유연한 손짓이었다. 커피를 마시고 난 뒤 담배를 한 대 꺼내 입에 물었다가 불을 붙이지 않고 이내 다시 까만 메탈의 담배 케이스에 도로 집어넣었다. 순간적이긴 했지만 담배를 쥐는 손 맵시나 입에 무는 게 보통이 아니었다.

어떤 사람은 담배 피우는 모습 하나로 인생이 완성되는데 연희가 딱 그랬다. 담배를 손가락에 끼었다가 입에 무는 연속동작이 너무 기품이 있어 영화 장면 같다는 느낌마저 들었다. 거칠고 조악한 풍파를 견뎌내고 세상 일이 다 그러려니 하는 걸 깨우친 여인의 아우라를 풍겼다. 단순히 타고난 백치미가 아니라 수없이 달달 볶였으면서도 꺾이지 않은 기세로 조탁된 풍모였다. 여자를 넘어선 성숙한 여인, 바로 그 모습이었다. 거기에 곽 사장은 사로잡히고 말았다.

먹자골목의 여왕벌이었던 연희는 계획대로라면 의사 사모님이 되었어야 했다. 그녀를 쳐다보던 수많은 남자들을 허탈하게 만들고, 사는 의미마저 잃어버리게 한 건 의대생을 사귄다는 소식 때문이었다. 의대생은 절대 우위에서 이니셔티브를 쥐고 있었기에 장삼이사(張三李四)들은 아예 상대가 되지 않았다.

하지만 불행하게도 연희가 사귀던 대학생은 의사가 아니라 치기공사가 되었다. 의사가 될 수 없었다. 치기공과를 다니고 있었던 거였다. 넓은 의미로 보면 같은 의료 계통이었지만, 치기공사와 의사는 연봉과 호칭이 다르고, 미래는 말할 게 없었다.

연희는 오 년이나 가짜 의대생과 연애를 했던 거였다. 당연히 자신은 의대생과 사귀는 거였지 치기공과라고는 꿈에도 생각지 못했다. 태국 여행을 함께 다녀오고, 모텔을 들락날락하면서도 전혀 의심하지 않았다. 의대생에 콩깍지가 씌었으니 그럴 수밖에 없었다.

대학 졸업을 하고 치기공사로 취직했던 그도 더 이상 속이는 게 힘들다는 걸 깨달았는지 연희에게 스스로 고백을 했다. 당연히 자신을 사랑하기에 받아줄 거란 확신도 있었고, 신체의 중요한 부위를 다 드러내놓고 자주 인사를 나누었던 터라 쌓아온 속정을 끊지 못할 거라는 생각도 없지는 않았다. 그게 순전히 여자에 대한 남자의 허영심인데 사랑이라고 믿었다.

인턴이나 레지던트가 아니라 치기공사라는 사실을 알게 된 연희의 첫 반응은 거품을 물고 실신한 거였다. 가족들이 받은 충격도 이만저만한 게 아니었다. 의사 사위를 본다고 주변의 부러움을 샀고, 은근히 그걸 자랑했던 터였으니 그야말로 마른하늘에

날벼락이었다.

치기공사는 일편단심과 수많은 추억, 그리고 삼천만 원이 조금 넘는 연봉으로 연희를 붙잡으려고 했지만 어림없었다. 연희나 가족들에게 의사와 치기공사는 순금과 14k, 아니 순금과 도금만큼이나 차이가 났다. 더구나 연희는 세속적인 사치의 반석 위에 미래의 집을 짓고 있었다. 그녀의 눈에 의사 이외의 다른 건 들어오지 않았다.

탄탄하게 기반을 닦아놓은 연탄구이집을 급매물로 처분하고 먹자골목을 아예 뜬 걸 보면 연희네 가족이 받은 충격이 어느 정도인지 충분히 가늠이 되고도 남았다. 어디로 갔는지 그녀가 무엇을 하고 있는지 아무도 모르고 있었는데 다파니 주얼리 숍에 오드리 헵번처럼 나타난 것이다.

연희는 치기공사와 헤어지고 난 뒤, 방문을 걸어 잠그고 끙끙 앓아누웠다. 사랑의 아픔보다는 의사 사모님이 되지 못한 것에 대한 배신감이 더 컸다. 두 달쯤 그렇게 시간을 보내고 있던 중 어느 날, 연희는 갑자기 깨달은 게 있다는 듯 자리를 박차고 밖으로 나갔다. 미용실로 가서 머리부터 손질했다. 백화점에 들러 쇼핑도 했다. 쇼핑백 안에는 옷과 화장품이 들어있었다. 집에 돌아온 그녀는 쇼핑한 옷으로 갈아입은 뒤, 풀 메이크업까지 하고 사진관을 찾아갔다. 전신과 상반신의 사진을 찍었다. 명함판 사진과 워킹을 하는 동영상까지 찍었다.

며칠 뒤 그녀가 사진을 들고 찾아간 곳은 결혼정보회사였다. 의사, 교수, 검사, 판사, 재벌 2세를 만날 수 있다는 럭셔리 회원으로 가입했다. 회원비가 만만치 않았지만 그건 문제가 아니었다. 이루지 못한 꿈인 의사 사모님이 되기 위해선 그만한 것쯤은 기꺼이 지불할 준비가 돼 있었다.

그녀는 금방 사랑에 빠지는 금사빠도, 자연스런 만남을 추구하는 자만추도 아니었다. 의사를 만나는 게 유일한 목표였다. 하지만 의사를 만나는 건 쉽지 않았다. 그게 현실이었다. 자신이 의대를 다닌다면 모를까. 그렇다고 의대를 가기 위해 수능 공부를 다시 시작할 수는 없는 노릇이었다. 부모님이 개인병원을 차려줄 만큼의 재력가도 아니었기에 의사를 데릴사위로 삼는 건 원천적으로 불가능했다. 거기다 남자는 다 사기꾼이란 경험치 때문에 우연으로 만나 사랑의 스토리를 만든다는 것 자체에 회의가 들었다.

결혼정보회사를 찾아가는 게 처음에는 자존심이 상했지만 뾰족한 방법이 없었다.

그 많은 의사를 어떤 년들이 다 채갔을까.

그렇게 실의에 빠져 푸념하고 있을 때, 커플 매니저로부터 낭보가 날아들었다. 좋은 남자가 나타났다는 거였다. 의사는 아니지만 집안이 천 억대 재력가라는 거였다. 처음에는 시큰둥했지만, 그 정도의 재력이라면 의사의 대체재로서 부족할 게 없단 생각이 들었다. 의사는 결혼해서 자신이 낳은 아이에게 시키면 될 것이었다.

커플 매니저의 추천으로 만난 남자가 바로 홍빈이었다. 그녀보다 여덟 살이 많았지만 실제로 만나보니 이름에 어울리는 잘생긴 얼굴이었고, 나이도 들어 보이지 않았다. 미국에서 유학을 마치고 돌아와서인지 지적인 분위기를 풍겼고, 재력가란 말도 틀리진 않았다. 하지만 그 돈이 홍빈의 것은 아니었다.

홍빈의 외할버지는 법인 택시의 소유주였다. 서울 외곽지역이긴 했지만, 택시 주차장으로 사용하는 부지의 땅값이 해마다 오르는 바람에 가격을 가늠할 수 없을 정도였다. 강남에 건물도 소유하고 있다고 했다. 그러니까 홍빈의 집안이 천 억대 부자란 게 근거 없는 소리는 아니었다.

거기다 홍빈의 어머니는 무남독녀였다. 결국 외할아버지의 법정 상속인은 그의 어머니였고, 어머니가 재산을 물려줄 사람도 외아들인 홍빈뿐이었다. 지금은 익지 않은 땡감이지만 기다리다 보면 언젠가 달콤한 홍시가 돼서 뚝뚝 떨어질 게 확실했다. 그것도 오래 걸리지 않을. 외할아버지가 미수(米壽)를 넘긴 연세였으니 내일 장례를 치르는 일이 생긴다고 해도 이상할 게 없었다. 홍빈은 사업을 한답시고 카페를 했다가 레스토랑도 오픈했다가 벌이는 족족 모두 말아먹긴 했지만, 외할아버지의 재산만 상속받으면 만사 오케이였다.

홍빈은 지금 잠시 법인 택시를 관리하는 일을 맡아보고 있었지만 어쩔 수 없이 죽지 못해 하는 일이었다. 어머니는 물론 외할아버지의 눈 밖에 나면 재산상속은 그림의 떡이 될지도 모를 일이었다. 자수성가한 외할아버지였기에 무엇이든 호락호락하지 않았다. 그 흔한 자가용조차 없는 자린고비였다.

홍빈도 여느 남자처럼 연희를 보자마자 한눈에 반했다. 뻔질나게 집 앞으로 찾아왔다. 집으로 돌아와서도 액정 화면과 귀에 땀이 묻어날 정도로 밤새도록 밀어를 속삭였다.

만남이 잦아지면서 연희는 치기공사로부터 입은 상처도 잊어버리게 되었다. 치기공사는 홍빈을 만나기 위한 시련이었을 뿐이라고 가볍게 정리했다. 치기공사와 만들었던 추억은 이미 마음에 한 조각도 남아 있지 않았다. 연희는 천운처럼 찾아온 기회를 놓치면 안 된다는 생각에 용의주도했다.

홍빈에게 마음은 아낌없이 주었지만, 몸은 쉽게 허락하지 않았다. 남자의 속성을 속속들이 알았고, 치기공사로 인한 학습효과 때문이기도 했다. 연희는 여왕벌이 아닌 소공녀의 스토리를 만드는 액션을 취했다. 서점에 가서 시집을 샀고, 때로는 소극장을 찾아가 연극을 보기도 했다. 홍빈과 함께 예술의전당에서 클래식 공연도 관람했다. 즐거움과 재미보다 고고한 교양과 이력을 쌓기 위한 거였다. 아니 그런 걸 보여주려는 순례였다. 지능은 낮고 지성이라곤 눈곱만치도 없으니 그거 이외는 별다른 방법이 없었다. 다행히 홍빈도 연희에게 푹 빠져 있었다. 홍빈은 연희에게 대체불가의 애인으로 바로 승격되었다.

연희는 자신에게 다짐하고 또 다짐했다.

'아름다운 동화에서 가장 극적인 장면을 모두 지워버렸어도 전혀 어색하지 않게 이야기가 연결되는 느낌으로 살 거야. 누구나 꿈꾸는 신데렐라를 나만의 스토리로 만들어서 보란 듯이 살아야지. 그게 잘못된 거도 아니고 난 충분히 그럴 자격도 있어. 적금 붓고, 만기가 되기를 기다리는 재미 같은 거에 내 인생을 걸고 싶지 않아. 내 꿈을 단번에 이루어줄 남자만 있으면 된 거지. 지금이 바로 그때야. 조심하고 또 조심하자. 연희야, 파이팅!'

물이 들어올 때 노를 젓고, 달구어졌을 때 쇠를 두드려야 하듯 연희는 더 이상 시간을 끌지 않았다. 홍빈의 청혼을 받자마자 바로 결혼식을 올렸다. 결혼은 연애의 결실이 아니라 꿈을 이루기 위한 거래의 출발이었다. 그게 부끄러워할 일도 아니었다. 어차피 요즘의 결혼이란 게 웨딩산업으로 변질된 지 이미 오래되었고, 양가 부모들한텐 그동안 일가친척 지인들한테 뿌린 축의금을 회수하는 행사에 지나지 않는 것이었다. 결혼정보회사도 일종의 청부업자나 다름없었다.

홍빈과의 결혼생활은 처음부터 삐끗했다. 상상했던 꽃길이 아니라 울퉁불퉁한 가시밭길이었다. 패물부터 마음에 들지 않았다. 그렇게 바라던 다이아몬드 반지를 받기는 했다. 하지만 누구나 낄 수 있는 5부 다이아몬드 반지였다. 너무 실망해서 아예 손가락에 끼지 않고 패물함에 처박아 둘 정도였다. 그렇다고 그거 때문에 파혼할 수는 없었다. 천 억대에 가까운 부동산이 머지않아 자신의 소유가 될 수 있기에 참아야 했다. 하지만 결혼하고 보니 말이 유산이고 상속이지 그야말로 백년하청이었다. 시외할아버지가 금방 세상을 떠나는 것도 아니고, 사망해도 홍빈이 물려받는다는 보장이 없었다.

기다리는 시간이 길어지면서 짜증이 났고, 결혼 생활도 일그러지기 시작했다. 달 따주고 별 따줄 것만 같았던 홍빈도 애정이 식자 툭하면 신경질을 부렸다. 더구나 그 신경질은 일반적인 증상이 아니었다. 편집증 증세까지 있었다. 어떤 때는 연희를 코너에 몰아

넣고 질리게 만들었다. 윽박지르다가 차근차근 논리적으로 말하는 데는 어찌해볼 도리가 없었다.

"너랑 나 사이에 어떤 약속이 있다 해도 대단한 게 아니야. 계산에 맞춰서 주고받은 거지. 오랜 시간과 마음을 나눈 게 아니잖아. 그러니까 싫으면 언제든지 짐 싸. 이혼 서류에 도장 찍어줄게."

그렇게 히스테리 증세를 보이다가도 시간이 조금 지나면 죽고 못 사는 눈빛으로 애정 공세를 펼쳤다. 미치고 환장할 노릇이었다.

"넌 멍청한 큰애를 키워봤으니까 틀림없이 좋은 엄마가 될 거야. 제발 떠나지 마. 네가 떠나면 안 되는 이유가 하나 더 있어. 내가 널 사랑하니까. 사랑은 시작보다 그걸 지켜주는 게 중요하잖아. 시작은 개나 소나 다 하거든. 널 끝까지 지켜줄 거야. 사랑해. 정말."

사랑한다고 말하면서 전혀 사랑하지 않는 표정을 짓는 건 홍빈의 야릇한 폭력이었지만 연희에겐 그것조차 매력으로 보였다. 매력으로 보일 수밖에 없었던 건 당연히 강남의 건물과 택시 주차장 부지가 그의 뒤에 버티고 있었기 때문이었다.

언젠가 격렬하게 사랑을 나눈 뒤 홍빈이 나긋나긋하게 물었다. 침대 위에서 삶의 진실을 찾아보겠다는 심사였는지 진지하기까지 했다.

"섹스 할 때 자기 신음소리는 참 고급스러워. 너무 매력적이야.

근데 자기한테 내가 첫사랑은 아닐 테고, 다 이해할 테니까 어떤 남자랑 사귀었는지 말해 봐. 나 과거 가지고 쫀쫀하게 트집 잡는 놈 아냐."

남자가 여자의 과거를 묻는 건 싸구려 진실 찾기의 질문이 아니라 일종에 유혹이다. 시한폭탄을 설치해 놓으려는 거였다. 언제고 터지고 마는. 터지는 순간, 비극을 가져오는 과거의 비밀은 유효기간이 따로 없다. 과거를 털어놓는 그 당시에는 전혀 문제가 되지 않지만 말다툼이라도 벌어지는 상황이 되면 과거를 꼬투리 잡아 몰아세우는 게 남자의 치졸한 병법이었다.

넌 이미 꺾인 꽃이었잖아. 향기도 없고. 넌 그런 년이었던 거야. 썅년, 넌 가랑이 벌리는 게 특기잖아.

심한 경우 욕이 쏟아지기도 했다. 과거를 털어놓는 건 그런 야비한 화살을 쏠 기회를 주는 거나 마찬가지였다. 연희는 털어놓으면 절대 안 된다고 스스로 다짐했던 과거를 고백하고 말았다. 결코 말을 해서는 안 된다는 다짐과 은밀하게 유혹하는 홍빈의 말 사이에서 잠시 갈등하다 끝내 견뎌내지 못하고 꽉꽉 틀어막아 놓았던 목구멍의 밸브를 살짝 튼 거다. 사랑을 나누고 난 뒤의 달콤한 분위기와 은밀한 속삭임에 깜빡했던 거다.

"응, 사귀던 남자가 있었어."

"그래 너처럼 예쁜 애한테 남자가 없을 순 없지. 없었다면 내 자존심이 상했을 거야."

그게 시작이었다.

"내가 너한테 멋진 남자가 된 건 잘해줘서가 아냐. 사랑은 더욱 아니고. 전 애인이랑 최악으로 끝난 여자한텐 조금만 신경써줘도 최고의 남자가 되거든. 넌 내 실체가 아니라 허상을 보고 선택한 거야. 그러니까 나란 놈이 어떤 사람인지 알고 실망한다고 해도 그건 내 탓 아냐. 네가 선택한 거니까 책임도 네가 져."

어이가 없었다. 연희가 다이아몬드 이야기를 꺼내기라도 하면 거의 경기를 일으켰다.

"그놈의 다이아, 다이아. 네 인생에서 돈하고 다이아를 빼고 나면 남는 게 뭐니? 넌 신을 믿는 거도 아니잖아."

자신의 처지에 딱 맞는 표현을 어떤 때는 정략적으로 접근한 연희를 비꼬는데 썼다. 그냥 비꼬는 게 아니라 노골적인 무시였고, 거의 습관이었다. 집요하게 날을 세운 말로 상대의 기를 꺾어놓고 숨까지 조이는 걸 보면 편집성 인격장애인 게 확실했다. 홍빈에게 말은 의사표현이나 설득하기 위한 수단이 아니라 지배와 자기과시의 흉기일 뿐이었다.

밥을 먹다가도, 차를 마시다가도, TV를 보다가도, 샤워를 하고 나와 머리를 말리면서도 말 한마디로 상대에게 치명적인 상처를 주는 재주는 타의 추종을 불허했다. 집을 나서면서는 그렇게 속을 긁어놓았다가 붉은 장미꽃을 가지고 들어오기도 했다. 변덕도 그런 변덕이 없었다.

"넌 누가 뭐래도 내꺼야. 이혼? 그딴 거 없어. 어떤 새끼 좋으라고. 절대 없어."

그러다가는 연희 품에 안겨서 눈물을 흘리기까지 했다.

"내가 너무 예민해서 그래. 네가 예쁘니까 그런 거야. 이해해줘. 사랑해. 나한텐 너밖에 없어. 너밖에 없는 거 알잖아."

'너밖에 없다'는 말이야말로 가장 잔인하고 절망적인 말이었다. 뻔히 거짓말인 걸 알고 있는데 속이고 있다는 점에서 그렇고, 그 말이 사실이라면 연희에게 자신의 인생을 전부 떠맡기고 있다는 점에서 끔찍할 수밖에 없었다. 하지만 연희는 그 말이 잔인하기보다는 오히려 달콤했다. 처음에는 적어도 그랬다.

홍빈은 거친 폭군이었다가 이내 지순한 아이가 되는 걸 반복했다. 연희는 어느 장단에 맞춰 액션을 취해야 할지 몰랐다. 이런 놈하고 계속 살아야 되나 싶다가도 눈물을 흘리는 순정남으로 돌변하면 그래 나한테 막 대하는 건 남편의 본심이 아니라고 자신을 다독였다.

연희는 그야말로 지킬 앤드 하이드 게임에 빠져들었다. 이혼해! 하는 소리가 목구멍까지 올라왔지만 홍빈이 흘리는 눈물과 언젠가 자신의 수중으로 들어올 땅과 건물을 떠올리면 이 정도는 견뎌내야 할 시련이라고 마음을 다잡았다.

하지만 현실은 자신의 바람대로 바뀌지 않았다. 시외할아버지는 백 살까지 살고도 남을 정도로 정정했고, 홍빈의 증세는 나을 기미가 없었다. 잠을 잘 때도, 밥 먹을 때도, 화장실에 있을 때도, 부엌에서 밥을 할 때도 한순간에 하이에나로 돌변하지 않을까 싶어 불안했다.

그렇게 시달리고 있을 때 유일한 위안거리는 다이아몬드였다. 백화점의 주얼리 숍에 나가 아이쇼핑을 하는 게 즐거움이었다. 택시 주차장 부지와 건물을 유산으로 받게 되면 땅콩만한 알이 박힌 다이아몬드 반지를 끼고, 다이아몬드가 주렁주렁 달린 목걸이를 거는 건 어렵지 않을 터였다. 상상이 아니었다. 얼마든지 할 수 있는 실현가능한 일이었다.

그런 상상도 얼마가지 못했다. 벼락같은 소식이 들려왔다. 시외할아버지가 택시 주차장의 부지와 건물을 장학재단에 기부한다는 거였다. 기부 약정서까지 작성했다는 소리도 들렸다. 연희에게는 청천벽력이었다. 홍빈도 적잖은 충격을 받은 눈치였다. 그렇다고 당장 그만두라고 시외할아버지한테 칼을 들이댈 수는 없는 노릇이었다. 홍빈이 새로운 사업을 해보겠다고 나가던 택시 회사를 그만두었다. 그 충격 때문인지도 몰랐다. 하지만 사업 준비는커녕 집에서 빈둥거렸다.

그렇게 빈둥거려도 시외할아버지의 기부 뜻을 알게 돼서 그랬는지 홍빈과 연희는 이상할 정도로 사이가 좋았다. 어쩌면 함께 느낄 수밖에 없는 위기와 피해의식이 둘을 한데 묶어놓은 건지도 몰랐다.

연희는 백화점 주얼리 숍의 출입을 자제했다. 본능적으로 발길이 가지 않았다. 꿈이 다 사라질 수 있다는 불길한 예감 때문이기도 했고, 곳곳에 널려 있는 행복이 자신을 위한 게 아닌 것 같은 생각이 들어서였다. 양손에 쇼핑백을 들고 다니는 사람들은 모두 행복해 보였고, 그런 행복한 소음들 속에 있으면 자신은 비운의 공주가 된 느낌이었다. 결코 다이아몬드를 줄 생각이 없는 사람들한테 둘러싸여 있는 자신을 사람들은 부러워했고, 축복이라고 말했다. 미칠 노릇이었다.

시외할아버지의 장학재단에 대한 기부 소식이 연희를 맥 빠지게 만든 건 확실했다. 다행인 건 그로 인해 상상과 망상에서 벗어나 현실 감각을 되찾기 시작한 거였다. 그야말로 현타(현실 자각 타임)가 온 거다. 남편을 졸라 다이아몬드부터 챙겨야겠다고 결심했다.

그즈음에 우연히 길을 걷다가 다파니 주얼리 숍이 눈에 띈 것이다. 가게 이름부터 마음에 들었다. 자신도 모르게 매장으로 들어갔고, 백화점 숍과는 비교가 되지 않았지만 마음은 편했다. 무엇보다 보석을 사지 않는다고 눈치를 주는 것도 아니었고, 자신을 쳐다보는 곽 사장의 호의적인 시선도 싫지는 않았다.

열흘쯤 되던 날 연희는 홍빈과 함께 다파니 주얼리 숍을 찾아왔다. 전혀 뜻밖이었다. 연희는 자신의 생일선물을 원했고, 홍빈도 선선히 사 주겠다고 해서 찾아온 거였다.

매장의 소파에 앉아 커피를 마실 때까지만 해도 사이가 좋아보였다. 곽 사장이 시선을 어디에 두어야할지 모를 정도로 둘의 스킨십이 노골적이었다. 잠시도 손을 가만있지 않았다. 손으로 허리를 둘렀다가, 스커트 속으로 디밀어 넣기도 했다. 가볍게 키스하기도 했다. 문제는 홍빈이 사파이어와 루비 반지를 골랐을 때였다. 연희는 거기에 눈길도 주지 않고 곽 사장한테 말했다.

"삼 캐럿쯤 알을 박은 다이아 반지는 없어요?"

홍빈은 뜨악한 표정을 지었고, 곽 사장은 속으로 탄성을 질렀다. 홍빈은 이내 표정을 관리하며 조용히 말했다.

"자꾸 튀려고 하지 말고 보편적인 시각을 가져 봐. 너 그거 과시하려고 하는 거잖아. 매일 같이 SNS에 전시회하듯이 요란하게 뭔가 펼쳐놓는 사람들, 매력 없고 실속도 없어. SNS 말고 진짜 세상을 봐. 지금 이러는 거 너답지 않아."

"코로나에 걸려 금방 죽을지도 모르는데 돈을 아끼는 게 더 멍청한 거 아닌가?"

"그래도 삼 캐럿이면 에쿠스를 손가락에 끼고 다니는 거야."

"능력 있다고 했잖아. 원하는 거 다 해준다고 했잖아. 나 꾹꾹 참고 있었어. 언제까지 이래야 하는데."

"네 기분 충분히 아는데 이건 아냐. 남자한테 섹스보다 정말 더 좋은 건 섹스하기 삼 분 전쯤의 기대심리와 환상이야. 막상 끝나 봐. 쓸쓸하고 허무해. 너 BMW 살 때도 그랬잖아. 카탈로그 보고 고를 때, 그리고 산 지 며칠, 그 며칠 동안만 기분이 좋았던 거잖아. 다이아몬드도 똑같은 거야."

"다이아는 영원해. 내 로망이야. 그거만 있으면 외롭지 않아."

"넌 외로워서 다이아를 원하는 게 아니야. 다이아에 집착하니까 외로운 거지."

연희가 고집을 부리는 건 다 이유가 있었다. 감이 익어 떨어지길 기다려봤자 홍시는 자신의 것이 아니라 딴사람 몫일 수 있겠다는 불안감 때문이었다. 그렇게 되기 전에 하나라도 챙겨둬야 했다. 더구나 아직까지는 자신한테 집착하는 홍빈이 언제 어떻게 돌변할지 알 수 없기에 그럴 수밖에 없었다.

허상이든 실제든 아직까진 남편이 자신한테 집착하고 있다는 걸 간파하고도 그냥 손 놓고 있다가는 다이아몬드는 영영 구경도 못할 게 뻔했다. 연희는 테크니컬하게 홍빈을 이용했다. 자신의 유효기간과 홍빈의 여자에 대한 유통 생리를 깨달은 거였다.

홍빈이 한숨을 푹 내쉬었다. 결국 생일선물로 산 건 아무것도 없었다. 매장을 나서면서 둘은 날선 말을 주고받았다. 사랑과 전쟁이 따로 없었다.

홍빈은 버럭 화를 냈다.

"넌 정상이 아냐!"

연희는 곧바로 받아쳤다.

"그래, 나 다이아에 미친년이야. 연애할 때 말했잖아. 다이아면 팬티도 보여줄 수 있다고."

"너 그거 진심이었어?"

하긴 다이아몬드 반지를 주면 팬티를 보여준다는 말이 처음은 아니었다. 이미 먹자골목의 여왕벌로 군림할 때부터 툭툭 내뱉은 말이었다. 그 말 때문에 얼마나 많은 남자들이 잔뜩 들떴다가 속을 끓이고, 끝내는 좌절했던가.

홍빈은 어이없다는 듯 연희를 뚫어져라 쳐다보며 말했다.

"도대체 다이아가 왜 좋은지 말해봐."

"그냥 마음이 가는 걸 어떻게 증명해?"

"다른 사람 기준에 맞추면 그때부터 네 인생은 없는 거야. 주제 파악 좀 해."

"사람이 다이아를 만드는 게 아니라 다이아가 사람을 만드는 거야."

홍빈이 담배를 꺼내 입에 물며 말했다.

"그렇게 허세부리고 싶으면 다른 사람 이용하지 말고 네 힘으로 해봐."

"자기 입에 문 담배가 본드였으면 딱 좋겠다. 말 많은 입, 딱 달라붙게."

"너, 진짜 약도 없다."

연희도 결코 밀리지 않았다.

"다이아만 있으면 난 불에 뛰어들 수도 있어."

연희와 홍빈이 시야에서 사라진 뒤에도 곽 사장은 마치 막장 드라마를 본 것처럼 한동안 멍했다. 정말 세상에는 별의별 사람이 다 있다는 표정이었다. 바로 눈앞에서 봤다는 게 믿어지지 않았다.

그런 놀람도 잠시였고, 연희가 매장을 나서면서 내뱉은 말이 화살처럼 가슴에 정통으로 탁 꽂혔다. 마치 감전이 된 것처럼 온몸에 전율이 일었다. 연희가 다파니 주얼리 숍으로 찾아온 건 괜한 게 아니란 생각이 들었다. 곽 사장은 자신도 모르게 혼자 중얼거렸다.

"다이아만 있으면 불에 뛰어들 수도 있다 이거지."

6
돈 돈 돈

"따완 의사한테 갔다 오면 다 달라질 거라니까."

"양쪽 젖꼭지가 멋지게 생긴 놈들은 기분이 어떨까?"

중간의 말에 강진과 하득은 할 말이 없었다. 멋진 젖꼭지를 가져본 적이 없으니 알 길이 없었다.

*

해가 고층 건물이 몰려 있는 여의도 쪽으로 가라앉을 즈음, 강진과 중간은 눈구멍을 뚫은 비니 모자를 몇 번 계속해서 썼다가 벗기를 반복했다. 비니 모자가 아주 마음에 쏙 들었다. 드라마나 영화에 나오는 은행 강도가 따로 없었다. 비니 모자를 푹 눌러쓰니 눈알만 보이는 게 누구인지 도저히 알 수 없었다.

중간이 강진에게 낮은 어조로 말했다.

"너한텐 정말 미안하고 고맙다."

강진은 그게 어떤 뜻인지 알면서도 딴청을 부렸다.

"뭐가?"

"그거 있잖아. 대포차 삼백."

"다 지나간 일인데 잊어버려."

"내가 사실은 그때 정신이 나가서."

"알아. 한몫 잡아서 그걸로 수술비 대려고 했다는 거."

중간은 깜짝 놀랐다.

"야, 그걸 어떻게 알았어?"

"그때 네 표정 보니까 딱 그 각이더라."

"화나지 않든?"

"났지."

"근데 왜 참았어."

"안 참았어."

"주먹 한 방 날릴 만도 했잖아."

"화도 안 참고, 주먹도 날렸어. 내 마음 속으로 다. 그게 내 방식이야. 너한테 소릴 지른다고 해서 삼백이 돌아오는 거도 아니고. 비관적이라고 해서 행동까지 그렇게 비관적으로 할 필요는 없잖아."

"정말 씨발이다. 멋진 건 다 혼자 하고."

"그만하자. 다 지난 거니까."

"알았어."

중간은 먹먹했다. 가슴으로 커다란 바위가 툭 하고 떨어진 느낌이었다. 친구 하나는 정말 잘 뒀다는 생각이 들었다. 자꾸 마른

기침이 터져 나왔다. 강진과 중간은 캔 맥주를 부딪쳤다. 하득은 올 시간이 지났는데도 아직 기척이 없었다. 두 사람은 TV를 켜놓고 보는 둥 마는 둥 하면서 마른오징어 다리를 뜯고 있을 때 뉴스가 나왔다.

위험은 낮고 고수익이 보장된다는 바이오 사이언스 공모주에 투자 열풍이 불고 있다는 소식과 한국과 미국의 방위비 분담 협상 결과 양측이 원칙적 합의에 이르렀다는 뉴스도 이어 나왔다. 고추밭을 갈아엎고 벌집 60채가 들어선 뒤 보상금이 나오는 바람에 사백 년이 넘은 마을이 누더기가 됐다는 보도를 현장에서 기자가 직접 전하기도 했다.

강진도 중간한테도 뉴스 소리는 들리지 않았다. 못 들은 게 아니라 그들하고는 상관없는 이야기였다. 주식은 사 본 적이 없고, 미군이 어디 있는지 본 적도 없었다. 땅을 사고 싶긴 했지만 능력이 없었다. 하루도 빠지지 않고 TV만 켜면 나오는 뉴스였지만 그건 남들 이야기였다. 앵커가 혼자 떠드는 소리에 지나지 않았다.

뉴스가 거의 끝날 때, 하득이 방 안으로 들어섰다. 방 안에 들어서자마자 보란 듯이 후드집업을 벗었다. 강진과 중간의 눈이 휘둥그레졌다. 처음 보는 나이키 티셔츠를 입고 있었기 때문이었다. 하득이 후드집업을 벗어젖힌 것도 붉은 나이키 티셔츠를 뽐내기 위해서였다. 하득은 우쭐거리며 웃고 있었다.

강진이 말했다.

"졸라 멋지다."

중간도 가만있지 않았다.

"어디서 샀니?"

하득은 어깨를 한번 으쓱한 뒤 손으로 훔치는 액션을 취했다.

"산 거 아녀. 나이키 매장에서 쓱 한 겨."

중간은 부러운 눈으로 쳐다보며 만져보기까지 했다.

"거기가 어딘데?"

"왜?"

"나도 가 보려고. 거기 가면 기분이 좋아질 거 같아서 그래."

강진이 말했다.

"가르친 보람 있다."

"청출어람(青出於藍)인 겨."

늦게 배운 도둑질이 날 새는 줄 모른다는 게 하득을 두고 하는 말이었다. 강진은 오징어 다리를 질겅질겅 씹으며 말했다.

"훔치는 자는 복이 있단 말이 있어. 뭘 훔친다는 건 그만큼 의욕이 있단 거고, 복이 있단 건 이미 먼저 훔쳤기 때문에 다른 사람이 그걸 훔치지 못하게 해서 받는다는 거지. 그러니까 먼저 훔쳐서 나중에 훔치려는 자를 막는 셈이지. 먼저 훔치는 게 장땡이야."

중간이 말했다.

"넌 옛날부터 우리랑 달랐어. 공부도 졸라 잘하고. 네 말을 들으면 도사 같아. 난 아니거든. 죽었다 깨도 너처럼 못해. 자고 일어나면 정신없을 때가 있는데 그땐 누가 내 머리에서 뇌를 빼가고 오랑우탄 뇌를 이식시켜 놓은 게 아닌가 싶은 생각이 들 때가 있어. 그렇지 않고서야 둔하고 이상한 생각만 하는 게 이해가 안 되니까. 어떤 땐 정말 내가 아닌 거 같거든."

강진이 목소리를 높여 말했다.

"사람은 원래부터 이상한 거야. 그게 정상이야. 우릴 봐. 음주운전도 안 하고, 투기도 안 하고, 횡령 같은 건 꿈도 꾸지 않는 모범시민인데도 젓꼭지가 이상하잖아. 그러니까 사는 게 노잼이고, 노답이지. 나도 어떤 땐 뭐 짜릿한 게 없나 싶어 에버랜드 사파리에 가서 섹스을 하면 재미있겠단 생각을 해. 호랑이나 사자한테 자 이거 봐라, 멋지게 보여주는 거지. 동물은 딱 한 자세뿐이잖아. 뒤에서 하는 거. 하긴 그게 솔직하고 인간적이긴 하지만. 사람은 너무 기교를 부려. 즐기려고만 하는 건 사랑이 아니거든. 거기다 돈으로 팔고 사니까 좀 그래."

"우린 너무 비슷한 생각을 하는 경향이 있어서 어떤 땐 같은 생각을 하지 않으려고 애쓰는데 그렇게 애쓰다 보면 결국 또 같은 생각을 하게 되더라. 젖꼭지도 그렇고, 돈 없는 거도 그렇고, 여자 없는 거도 그렇고. 머리가 아파서 깨질 거 같다."

"진통제 줄까?"

"진통제가 아픔까지 치료하는 건 아냐."

"태국만 갔다 오면 다 달라질 거야."

"넌 주관이 있어서 멋져. 친구라는 게 자랑스러워. 사실 이번에 내가 독하게 마음먹은 건 젖꼭지 때문이기도 하지만 하루하루 우연에 기대서 비굴하게 살아온 걸 박살내고 싶어서야. 비루하게 개 같은 날들로 서른 살까지 살아온 게 쪽팔리잖아. 손가락질 하면 손가락질 받는 게 당연하다고 여기고, 싫어도 싫다고 찍소리 못하고 사는 거 지겨워."

"따완 의사한테 갔다 오면 다 달라질 거라니까."

"양쪽 젖꼭지가 멋지게 생긴 놈들은 기분이 어떨까?"

중간의 말에 강진과 하득은 할 말이 없었다. 멋진 젖꼭지를 가져본 적이 없으니 알 길이 없었다.

세 친구는 바람이나 쐬자며 오토바이를 타고 이촌공원으로 나갔다. 어둠이 내려앉고 있었다. 동작대교 아래 설치된 벤치에 앉아 담배를 피우며 강물을 쳐다보고 있었다. 아니 강물이 아니라 강가에서 싸우는 남녀한테 자연스럽게 시선이 갔다. 쳐다볼 수밖에 없었다. 다투는 걸 보니 남자가 여자를 두고 바람을 피운 것 같았다.

여자는 남자한테 자신이 준 용돈과 선물을 다 내놓으라고 앙칼지게 소리쳤다. 남자도 거기에 지지 않고 너 같은 여자를 그동안 만나준 걸 고마워하라고 비꼬듯 말했다. 여자의 목소리에서 피가 튀었다. 룸살롱에 나가서 번 돈을 등쳐 먹는 기생오라비 같은 놈이라고 욕을 해댔다. 기생오라비라는 말에 남자의 주먹이 가만있지 않았다. 여자의 얼굴을 강타했다. 레프트에 이어 라이트까지 이어졌다. 여자는 윽 소리와 함께 그 자리에 푹 고꾸라졌다.

그 순간 중간이 용수철처럼 튕겨서 남자한테 뛰어갔다. 강진과 하득이 말릴 사이도 없이 공중으로 훌쩍 날아 정확하게 이단옆차기를 날렸다. 무방비 상태로 있던 남자는 이단옆차기를 맞고 바닥에 고꾸라졌다. 중간은 거기에 그치지 않고 발길로 마구 차고, 짓밟았다. 남자의 입에서 죽는 소리가 쏟아졌다. 멱이 따인 돼지가 꽥꽥거리는 거 같았다.

여자는 그런 중간을 말리지 않았다. 계속 바닥에 쓰러져 있었다. 남자는 움직이지 못한 채 끙끙 앓는 소리만 냈다. 코에서 피가 주르륵 흘렀다. 분위기가 심상치 않았다. 갑작스런 행동에 어안이 벙벙하던 강진과 하득은 중간을 강제로 데리고 현장을 빠져나갔다. 누가 신고라도 해서 경찰이 출동하면 골치 아플 게 뻔했다.

강진은 중간의 어깨를 톡톡 도닥이며 말했다.

"세상에는 이단옆차기로 인생을 가르쳐야 하는 새끼들이 있어."

따뜻한 어조였다. 세 친구는 이촌공원을 빠져나와 커피숍으로 들어갔다. 강진은 따뜻한 게 마시고 싶었다. 중간한테도 달달한 걸 먹여야겠다고 생각했다. 흥분하거나 맥이 없을 때 달달한 걸 먹으면 마음이 가라앉고 기운도 회복되었다.

세 친구는 한동안 말이 없었다. 이단옆차기는 연습계획에 들어 있던 게 아니었다. 강진과 하득은 왜 그랬냐고 묻지 않았다. 중간은 툭하면 여자 등쳐 먹는 놈이랑 상종하지 않는단 말을 여러 번 해왔기 때문에 충분히 짐작이 됐다.

중간은 카페오레 한 모금을 마신 뒤 입을 열었다.

"너희들이 나 미쳤다고 생각하는 거 알아. 근데 난 그런 놈 보면 그냥 못 둬. 쪽팔린 얘긴데 우리 아버지가 엄마한테 그랬거든. 시장에서 좌판 차려서 코딱지만큼 번 돈, 국회의원 집에서 수모를 견뎌내며 파출부해서 받은 돈을 모조리 뺏어서 도박이랑 술 먹는데 썼거든. 가끔 엄마한테 주먹질 할 때도 난 찍소리도 못했어. 나도 맞을까봐 벌벌 떨기만 했지. 엄마가 맞고 나면 다음 날아침이 돼도 자리에서 일어나질 못했어. 난 편의점에서 산 삼각김밥을 혼자 먹으면서 학교에 갔고. 그때 눈물 나더라. 우걱우걱 먹던 거 생각하면 기분이 더러워 지금도 삼각김밥엔 손도 안 대. 우리 엄마 참 불쌍하게 살다가 죽었어. 일하고 집에 와서 우리한테 라면 끓여주다가 뇌졸중으로 쓰러져 병원에 실려 갔는데 일어나지 못했거든. 난 지금도 그게 후회돼. 아버지를 말리지 못했던 거. 내 대가리가 깨져도 들이받았어야 했는데 비겁했던 거지. 근데 커서 생각해보니까 울 아버지도 졸라 불쌍하더라. 세상 살아가는 방법을 두들겨 패는 거 밖에 몰랐잖아. 주먹을 휘두르면 무능력한 게 없어지나. 더 휘두르게 되지. 하여튼 여자 등쳐 먹는 놈들, 인간도 아니야."

강진과 하득은 처음 듣는 이야기에 할 말이 없었다. 한동안 서늘한 침묵이 흘렀다. 막대기로 꾹 찌르면 온몸을 뒤집어 오그라지는 무당개구리처럼 누구한테도 말하지 못하는 상처 하나쯤 가슴속에 있기 마련이다. 그런 상처를 쉽게 이해한다고 말하는 건 오히려 무례한 거다. 어줍지 않게 이해한다는 말이야말로 폭력이다. 자신이 겪은 현실이 아니라면 함부로 이해한다고 말해선 안 되는 거다.

췌장암에 걸려 육 개월 시한부 인생을 사는 환자한테 당신의 아픔을 이해한다고 말할 수 있는가. 평생 모은 돈을 보이스 피싱으로 뻐기고 꺼이꺼이 우는 노인한테 다가가 당신의 원통함을 충분히 이해한다고 말할 수 있는가. 만취 운전자가 몰던 차에 받혀 죽은 아이의 시신을 붙들고 통곡하는 어머니한테 당신의 슬픔을 모두 이해한다고 말할 수 있는가.

이해는 사리를 분별해서 해석하는 거다. 사리를 모르고 말하는 건 위로가 아니라 상처에 소금을 뿌리는 거다. 말보다는 그냥 지켜봐 주는 게 훨씬 위안이 되고, 그게 예의다.

세 친구가 아무런 말없이 커피를 마시고 있을 때 옆 테이블에 앉아 시끄럽게 떠드는 소리가 들려왔다. 아줌마들이었다. 요즘은 남편이 출장을 가지 않는다는 둥, 302호 아줌마가 402호 아저씨랑 눈이 맞아 집에서 그 짓을 하다가 마누라한테 걸려 쫓겨났다는 둥, 바람피우는 이야기가 연이어졌다.

목사님의 말씀은 지루하지만 아줌마 수다를 엿듣는 건 고소하고 재미있다. 그런데 마지막에는 값이 부쩍 오른 아파트와 주식 이야기였다. 결국 돈 이야기로 수렴되었다.

넥타이를 맨 샐러리맨들도 시끄러운 건 마찬가지였다. 이미 술을 한잔하고 들어왔는지 턱스크를 한 채 왁자지껄했다. 세 친구와 거리가 먼 이야기였다.

뉴욕증권거래소에 전자상거래업체인 쿠팡이 상장하는 바람에

100조 잭팟을 터뜨렸다는 둥, 증권사 지점의 사원이 개인 고객을 상대로 영업해서 55억이 넘는 연봉을 받았다는 둥, 바이오 주식이 다시 폭등할 거라는 둥 돈에 대한 이야기를 나누고 있다는 건 알겠는데 내용은 좀처럼 피부와 와 닿지 않았다. 100조는 감도 잡히지 않았고, 로또 당첨금도 아닌데 55억이 연봉이라는 게 완전 뻥 같았다. 바이오가 먹는 건지 입는 건지 생전 처음 들어보는 말이었다.

세 친구는 자리에서 일어나 돈 이야기로 가득 찬 카페를 나왔다. 서로 시선을 마주치지 않았다. 그래야 할 것 같았다. 마주치면 왠지 무안하고 어색할 것 같았다.

강진은 한 달 내내 배달하고 받아봤자 이백오십만 원 정도였다. 그걸 받으려고 눈이 오나 비가 쏟아지나 액셀러레이터를 당겨 정신없이 다녔던 거다. 어떤 때는 짬뽕이 불어터졌다고 돈을 받기는 커녕 쌍욕을 뒤집어써야 했다. 오토바이가 미끄러지는 바람에 정강이가 까여 피가 철철 흘러도 누구한테 치료비를 달랠 수도 없었다. 이백오십만 원을 벌려고 죽을 똥 살 똥 내달려야만 했다. 그런 자신의 신세를 누구한테 불평한 적도 없고, 도와달라고 한 적은 더더욱 없었다.

강진이 입을 열었다.

"뭐, 100조 잭팟! 연봉이 55억? 바이오는 또 뭐니? 아, 졸라 씨발이다. 우린 젖꼭지 수술비 삼천만 원 때문에 목숨 걸고 한탕 하려는 건데."

하득이 말했다.

"돈 때문에 터는 게 아닌 겨."

강진과 중간은 무슨 말인가 싶어 동시에 하득을 쳐다보았다.

"사람이 되려는 거잖여. 그냥 보통 사람. 젖꼭지 두 개 달린."

강진은 피식 웃었다.

"난 통장에 찍힌 한 달 봉급을 보면 쪽팔릴 때가 있어. 이걸 벌려고 그렇게 아등바등했나 싶거든. 내 인생이 보잘것없는 거지. 똥파리 인생이라고 했잖아. 그래도 살아야 하는 건 아직 죽지 않았기 때문이야. 거창한 꿈같은 거 없어도 살다보면 살아질 테고, 뭐 그러다보면 중국집도 차리겠지. 언제 될지 모르지만."

중간이 입에 담배를 물며 말했다.

"사임 씨도 돌아올 테고."

"그건 잘 모르겠다. 요즘엔 사임이가 정말 젖꼭지 때문에 나갔나, 다른 이유가 있는 건 아닐까, 그런 생각이 들기도 해."

"어쨌든 희망을 가져야지. 긍정은 고래도 춤추게 한다며?"

"긍정이 아니라 칭찬 아닌가?"

"그게 그거지 뭐."

"희망을 가져라. 긍정적인 사고를 해라. 그런 거 다 개수작이야. 달콤한 말로 벌어먹는 새끼들이 사기 치는 거지. 희망이나 긍정으로 힘든 짐을 벗을 수 있다면 누가 어려움을 겪겠어. 사람 혹하게 하고, 기만하는 거지. 말로 썰 푸는 놈들, 재수 없어. 정말 위해 주는 거라면 좀 더 구체적인 방법을 제시해 줘야지. 하루에 푸시업을 오십 번 이상 하라든가, 어디 가면 공공근로를 할 수 있다든가, 육천 원에 무한리필이 되는 식당이라든가, 인형 뽑기 잘하는 거나 지하철 탈 때 슬쩍 무임승차 하는 방법 같은 거. 뭐 그런 거."

강진이 너무 진지하게 말하는 바람에 분위기가 무거워졌다. 중간이 물었다.

"돈 많은 놈들은 도대체 무슨 생각하면서 살까? 그 돈을 다 어디다 쓸까?"

하득은 고개를 주억거린 뒤 말했다.

"분명한 건 돈 있으면 회장님이고, 돈 없으면 쓰레기인 겨. 내가 전에 제약회사에서 하는 생체실험 알바를 한 적이 있어. 백오십만 원쯤 받았는데 아버지가 나한테 묻는 겨. 얼마 벌었냐. 혹시 달라고 할까봐 백만 원 벌었다고 하니까 세상에 그렇게 큰돈은 처음 들어본다면서 너 부자구나, 사장님 같구나 하는 겨. 나한테 부자라고, 사장이라고 한 이유가 딴 게 아녀. 좀 달라는 겨. 에라, 모르겄다. 눈 딱 감고 다 줘버렸어. 눈물 나더라. 하여튼 눈물이 났는데 나도 나중에 내 아들한테 아버지처럼 말하면 어떡하지 하는 생각이 드는 겨. 이렇게 살아도 되는 겨? 도대체 돈이 뭔 겨!"

강진이 말했다.

"부자는 돈이나 물건에 투자하지 않는 게 원칙이래."

하득이 물었다.

"그럼 어디다 하는 겨?"

"관계. 사람한테 투자하는 거지. 그런 말 있잖아. 개처럼 벌어서 정승한테 쓴다. 우리랑 생각이 다른 거지. 내가 배달하면서 본 게 있는데 지금도 이해가 잘 안 돼. 뭐냐면 삐까번쩍한 럭키빌라 501호에 송이우육이랑 전가복을 배달한 적이 있었어. 그런 거 시키는 사람 거의 없는데 카톡으로 주문이 들어온 거야. 비싼 거니까 조심조심 배달했지. 근데 5층에 도착했는데 502호 앞에 서 있는 아줌마가 지가 시켰다는 거야. 분명 501호에서 주문받은 거니까 이상했지. 계속 자기가 시킨 거라니까 찝찝하지만 줬지.

내가 잘못 알았나 싶기도 했고. 근데 다 내려와서 생각해보니까 이건 아니다 싶더라고. 짜장면이나 군만두도 아니고 비싼 요린데 잘못 배달하면 좆 되잖아. 가로채기 한 거 일 수도 있겠단 생각이 들어 다시 올라가 501호 인터폰을 눌렀어. 확인하려고. 근데 문이 열리고 나온 게 바로 502호 그 아줌마인 거야. 이게 뭔가 싶었는데 아줌마가 웃더라고. 여기 501호랑 502호는 한집이다, 5층을 통으로 다 텄다는 거야. 문은 달랐지만 같은 집인 거지. 나중에 들리는 얘기 들어보니까 그 집 주인이 전에 무슨 장관을 했는데, 건축업자가 싼값에 줬다고 하더라고. 업자가 뭘 받았으니까 집을 싸게 줬겠지. 하여튼 그런 집 처음 봤어. 남들은 한 채 갖기도 힘든데 두 집을 통째로 터서 사는 거."

"그래도 왜 두 채를 턴 겨?"

"내가 그걸 어떻게 알아."

"축구장해도 되겄다. 씨부럴, 그 안에서 자기 애들 만나려면 헤매겄는디. 하도 넓어서."

"헤매는 정도가 아니라 너무 만나지 못해서 나중에 자기 애를 보고도 몰라보고 너 도대체 누구냐! 할지도 모르지. 그러면 아저씬 누구세요? 할지도 모르고. 크크."

강진과 하득의 이야기를 듣고 있던 중간이 물었다.

"야, 그거 진짜냐?"

"내가 뭐 하러 거짓말을 해."

"걔네들 신나는 건 있겠다."

"뭐가 신나?"

"두 채니까 한 채는 다른 사람 못 가지게 하는 거잖아. 남들한텐 없으니까 세상에서 제일 잘났다고 뻐기고, 아주 신날 테지. 내가 가지는 거보다 남들 갖지 못하게 하는 게 더 신나거든."

하득이 말을 이었다.

"보통 사람은 속이고도 돈을 잃는데 그런 놈들은 속았는데도 떼돈을 버는 겨."

중간이 물었다.

"그게 가능한가?"

"빽 있고 높은 놈들 허고 고스톱 치면 못 잃어줘서 안달혀. 어쩌다 땄어도 개평으로 두세 배는 더 주는 겨."

중간이 입을 비죽거리며 말했다.

"돈을 벌면 뭐해. 싸가지가 없는데. 죽을 때 쓸쓸하지 않을까?"

강진이 담배를 입에 물면서 말했다.

"걔넨 소중한 게 뭔지 몰라. 돈 쓰는데 정신 팔려서 쓸쓸한 거도 모르고. 그러고 보면 옛날이 좋은 거 같아. 적어도 사람을 돈으로 취급하지 않고 사람으론 대해줬잖아."

때로는 백수라서 행복해요, 는 아닐지라도 백수가 좋은 점은 있다. 뭐든지 할 수 있다는 착각을 진짜처럼 여기고, 어떤 때는 정신적 우월감이 부풀어나 누구든지 비난하기도 한다. 현실 감각이 없기 때문에 가끔 그런 정신적 발작이 일어나는 거다. 질병도 아니고, 미친 것도 아니지만 그걸 이해해주는 사람은 거의 없다. 그러니까 헛소리라고 하는 거다.

강진의 말에 중간과 하득은 할 말이 없었다. 옛날은 이미 다 지나갔고, 자신들이 지금 발을 딛고 사는 세상은 돈 플러스 사람은 인격, 돈 마이너스 사람은 루저라는 세속적 등식이 이미 오래전부터 사회적 정의처럼 되어 있기 때문이었다.

세 친구는 말없이 담배 연기만 내뿜고 있을 때 옥외 대형 전광판에 우리나라의 국가채무가 1,000조에 육박할 것이라는 뉴스 자막이 떴다. 세 친구는 멀뚱하게 뉴스 전광판을 쳐다보았다.

강진이 말했다.

"천조가 도대체 얼만 거야?"

손가락을 하나하나 접으면서 계산을 하던 중간이 말했다.

"와, 하루에 1억씩 갚아도 이천오백 년이 넘게 걸리네."

하득이 말했다.

"천조는 돈이 아닌 겨."

강진이 말했다.

"돈이 아니면 뭔데?"

하득이 느릿하게 말했다.

"천조는 돈이 아니라 괴물인 겨. 괴물이라서 정신없이 점점 더 커질 겨."

세 친구는 옥외 대형 전광판에서 정말 괴물을 본 것처럼 한참 동안 말이 없었다.

7

손에 손을 잡고

"아까 그 다이아 갖고 싶죠? 삼 캐럿짜리."

"와우. 와우."

"목걸이도 함께 줄 수 있어요. 당연히 다이아 박힌 거."

"놀리는 거 아니죠?"

"내가 왜 놀려요? 나 그런 거 재미없어요."

"그럼 내가 뭘 해주면 되죠?"

*

며칠 보이지 않던 연희가 다파니 주얼리 숍을 다시 찾아왔다. 곽 사장이 문을 막 닫을 때였다. 밤늦게 찾아온 게 뜻밖이었다. 다이아몬드 여왕벌의 귀환이었다. 생일반지 건으로 홍빈과 말싸움을 하고 돌아간 이후 줄곧 얼굴을 드러내지 않았다.

곽 사장은 전화번호는 물론 어디 사는지 몰랐기에 궁금증을 꾹 누르고 있던 터였다. 그녀가 모습을 보이지 않자 내내 아쉬웠다. 혹 그녀가 올까 싶어 하루에도 몇 번씩 고개를 빼고 밖을 내다보는 곽 사장의 얼굴에는 핸드폰 번호라도 알아두는 건데, 하는 표정이 역력했다. 남편과 숍을 나가면서 심하게 말싸움을 했으니 창피해서 더 이상 오지 않나보다 싶어 거의 포기하고 있던 차였다.

그때 연희가 찾아온 거였다. 놓쳤던 고기를 다시 잡아 움켜쥔 느낌이었다. 놓치지 않으려면 신경을 써야 했다. 연희한테서 살짝 위스키 냄새가 풍겼다. 얼굴에 약간 홍조까지 띠었다.

곽 사장이 커피를 건네며 밖을 내다보았다. 남편인 홍빈이 당연히 뒤이어 들어올 거라 생각했다. 연희의 눈치도 보통은 아니었다. 마스크가 답답한지 벗으며 말했다.

"혼자 왔어요."

"늦은 시간인데."

"갑자기 보고 싶어서요."

곽 사장은 이게 무슨? 하는 표정이었다.

"다이아요."

"하하, 근데 다이아를 왜 그렇게 좋아해요?"

"좋다는 말로는 다 할 수 없어요. 다이아가 있어야만 내 인생도 있는 거니까."

"다이아가 딱 어울리는 사람들이 있어요."

"나한텐 어울리고 말고가 아니라 다이아 자체가 중요하다니까요. 내 인생보다 더요. 다이아가 없으면 아예 인생 자체가 없는 거나 마찬가지라고요."

삼십 년 가깝게 보석장사를 해온 곽 사장으로서는 처음 들어보는 말이었다. 다이아몬드에 미쳐 있는 여왕벌이 틀림없었다.

곽 사장은 말없이 진열대에서 케이스 하나를 꺼내 열어보였다. 삼 캐럿의 다이아몬드 두 개가 들어 있었다. 연희의 눈에서 빛이 반짝거렸다. 황홀경에 빠진 듯 한참 동안 들여다보았다. 곽 사장이 말했다.

"다이아는 오랜 인내심의 결과로 만들어진 겁니다. 그냥 이루어진 게 아닌 거처럼 이걸 갖는 거도 쉽진 않죠."

곽 사장의 말 속에는 이중 포석이 깔려 있었다. 기다리면 언젠가 남편으로부터 선물 받지 않겠냐는 뜻과 자신하고 손만 잡으면 얼마든지 다이아몬드를 줄 용의가 있다는 의미였다.

그런 의도를 전혀 알 길 없는 연희는 곽 사장의 얼굴을 빤히 쳐다보았다. 곽 사장은 다이아몬드를 매장 안쪽의 금고에 넣어두었다.

연희는 메탈 케이스에서 담배를 꺼내 입에 물고 불을 붙였다. 길게 내뿜은 연기 속에 한숨도 섞여 있었다. 다이아몬드 생각만 하면 거의 미칠 지경이었다. 땅과 건물을 상속받기만 하면 다이아몬드 반지를 끼고, 다이아몬드 목걸이를 거는 건 어렵지 않기에 몸이 바짝 달아 있었다. 그런데 시외할아버지가 건물을 장학재단에 기부한다는 게 헛소문이 아니었다. 과학기술 인재양성을 위해 사용해달라고 강남의 건물을 KAIST에 진짜 기증한 거였다.

많은 이들에게 희망을 준 뉴스가 연희한텐 마른하늘에 날벼락이었다. 설마 했는데 강남 건물이 졸지에 허공으로 날아가 버린 것이다. 정신이 번쩍 들었다. 그래도 다행인 건 택시 주차장 부지는 아직 온전했다. 사업장으로 사용하는 중이라 쉽게 넘길 상황이 아니었다. 그건 생사를 걸고 막아야 했다. 그게 없다면 홍빈과 결혼할 이유도 없었고, 굳이 결혼생활을 이어가야 할 필요도 없었다. 하지만 뾰족한 방법이 없었다. 일단 시외할아버지로부터 시어머니가 상속을 받은 뒤에야 자신이 며느리 자격으로 나설 수 있는 건데 지금으로선 막막했다. 그렇다고 시어머니를 건너뛰고 시외할아버지한테 상속해 달라고 조를 수도 없는 노릇이었다.

결국 연희는 먼 날의 꿈보다 현실 가능한 방법부터 찾았다. 그게 백 번 현명하다고 판단했다. 땅콩만한 다이아몬드 반지를 끼려면 지금으로선 남편한테 조르는 게 최선이었다. 그 방법밖에 없었다. 속이 뒤집어지는 걸 꾹꾹 참고, 내키지 않으면서도 어쩔 도리 없는 전략으로 홍빈한테 애교와 응석을 부릴 수밖에 없었다. 어떤 때는 눈물을 흘리며 하소연했지만 홍빈도 만만치 않았다.

"외할아버지 뜻을 내가 어떻게 막아. 당신이 번 거니까 당신 뜻대로 써도 할 말 없지. 나한텐 막을 자격도 없고, 능력도 없어. 그리고 너, 눈물 흘리는 거 비겁해. 상대 감정에 호소하는 거잖아."

홍빈은 연희의 눈물 작전에 바로 방어막을 쳤다. 그래도 연희는 포기할 수 없었다. 섹스가 끝난 뒤 그윽한 분위기를 조성하고 나긋나긋하게 속삭였다.

"다이아를 나 혼자 갖겠단 게 아냐. 우리 집 가보로 삼자는 거지. 대대손손 물려주는 가보로. 가지고 있으면 가격도 오를 테니까 당연히 투자도 되는 거고."

"아무리 생쑈 해봤자 소용없어. 나 능력 없어."

연희의 의도를 파악한 홍빈은 야멸치게 답했다. 연희도 비죽거렸다.

"능력 없는 게 아니라 다이아를 줄 만큼 날 사랑하지 않는 거겠지."

"다이아로 내 사랑을 평가하지 마. 내 사랑은 어떤 거로도 비교 불가한 거니까."

"말이나 못하면. 당신이랑 말하는 거 정말 피곤해."

"갖고 싶은 게 많으면 인생 자체가 피곤하고 고달파지는 거야. 너 봐, 다이아 때문에 정신적으로 육체적으로 다 고문 받고 있잖아."

"고문이 아니라 행복한 거야."

"다른 사람한테 징징대지 않고 자신이 만드는 게 진짜 행복이야. 잘 만들어 보셔."

"정말 대화가 안 돼."

"그럼 그만둬."

"그럴 참이야."

"잘됐다. 심심한데 마스터베이션이나 더해야겠다."

"자위하다가 죽어버렸으면 좋겠다."

"그러면 영광이지. 자위하다가 죽은 놈 아직 없거든."

홍빈은 한마디도 지지 않고 되받아쳤다. 연희는 속으로 어떻게 이런 놈이랑 결혼했나 싶었지만 참을 수밖에 없었다. 강호의 무사가 날카로운 표창을 날리듯 상대가 상처를 입건 말건 날이 선 말을 마구 내뱉는 걸 보면 사이코패스가 아닌가 싶기도 했다. 어쨌든 입심으로 기가 막히게 상대의 약점을 잡아 집요하게 깐족거리는 편집증 환자인 건 확실했다.

연희는 애교와 응석이 통하지 않자 바로 태도를 바꿔 공세를 취했다.

"이럴 거면 왜 나하고 결혼했어!"

"넌 다이아 얻으려고 결혼한 거 같다."

"진짜 궁금해. 왜? 왜냐고!"

"알고 싶어?"

"엉. 말해 줘."

"후회 안 해?"

"그런 거 없어. 말해 봐."

"알았어."

연희는 홍빈한테 시선을 맞추었다. 홍빈은 담배 한 대를 입에 물었다. 연희도 흡연 욕구가 일었지만 꾹 참았다.

"짜장면 먹을지 짬뽕 먹을지 결정하는 거도 쉽지 않는데, 결혼은 더 말할 나위 없잖아. 솔직히 널 만났을 때 너무 심심했어. 그래서 결혼한 거야."

연희는 홍빈의 심심해서 결혼했다는 말에 맥이 탁 풀렸다. 사실 밀고 당기는 로맨스의 과정이 없었으니 달콤하게 말해 줄 이야기거리도 없었다. 연희는 자존심이 상했고 이런 놈이 남편인가 싶었다. 홍빈은 연희의 속을 뒤집어놓는 말을 연타로 날렸다.

"할 일 없어서 만났고, 심심해서 결혼했는데 다이아 사달라고 조를 땐 그냥 할 일 없이 지내는 게 더 나았을 거란 생각이 들기도 해."

연희는 결국 폭발하고 말았다.

"사랑하지 않고 어떻게 결혼할 수 있어?"

"널 사랑했던 적 한 번도 없어. 그냥 같이 있는 거고, 섹스하기 좋은 거지."

묻지 않았으면 훨씬 좋았을 질문에 대한 대답은 너무도 가혹했다. 연희는 자리에서 일어나 화장실로 뛰어 들어갔다. 더 이상 도저히 옆에 있을 수 없었다. 그냥 있다가는 부엌에서 칼을 들고 와서 그의 가슴을 푹 찌를 것같은 충동이 일었다. 와인 병으로 머리를 후려칠지도 모를 일이었다.

연희는 화장실 문을 걸어 잠그고 입술을 지그시 깨물었다. 밖에서 이내 문을 두드리는 소리가 났다. 화가 났지만 그래도 적당히 버티다 열어줄 심산이었다. 지지고 볶고, 전쟁하듯 얼굴을 붉히지만 당장 이혼하지 않을 거라면 원하는 걸 챙길 때까진 타협할 수밖에 없었다. 또 상처 주는 말을 했다가 이내 저렇게 보채는 걸 보면 어린 아이 같기도 했다.

연희가 상처받았다는 표정을 다소곳이 지으며 문을 열어주었다. 홍빈이 급하게 안으로 들어와 엉덩이를 까고 변기에 주저앉았다.

"씨발, 똥 마렵단 말이야."

아내에 대한 예의도 없고, 섹스에 대한 매너도 없었다. 정말 치료 불가능한 환자였다. 홍빈을 지렛대로 삼아 꿈을 이루려고 했던 연희가 오히려 조롱감이 되고, 상대는 더욱 그걸 노골적으로 즐기고 있다는 게 아이러니였다.

그렇게 억누르고 억눌렀던 감정이 폭발하고 말았다. 바로 서너 시간 전이었다. 웬일로 저녁도 먹지 않고 홍빈은 잠을 자고 있었다. 연희는 식탁을 차려놓고 깨울까 말까 몇 번을 망설이다 열두

시가 넘으면 배고프다며 밥 달라고 할 게 뻔해 흔들어 깨웠다. 자리에서 벌떡 일어난 홍빈은 잔뜩 인상을 찡그렸다.

"악몽 꿨나봐."

"널 보는 게 악몽이지 뭐."

연희는 화가 치밀어 엔틱 장식장에 있는 로얄 살루트를 꺼냈다. 글라스에 따라 연이어 들이켰다. 오버 액션이었지만 홍빈은 별다른 반응이 없었다.

"당신, 정말 잔인하다."

"뭐가?"

"나에 대해 애정이 조금이라도 있다면 이건 아니지. 난 여전히 당신을."

"그거 변덕스런 열정인 거야. 금방 변해. 연애하면 아드레날린이 분비되는데 그게 감정을 과장하고, 때로는 속이기까지 하거든. 그러니까 네가 잘못한 게 아니라 연애감정이 널 들뜨게 한 거야."

"나만 들뜬 게 아니잖아."

"맞아. 널 심심해서 만났다고 했지만 솔직히 그게 다는 아니지. 처음 봤을 때 미끈하게 뻗은 꽃대에 빨갛고, 노랗고, 하얀 게 어우러져 핀 장미 같았어. 빨강, 노랑, 파랑 불꽃이 한 덩어리로 타오르는 양초 같기도 했고. 다른 놈들도 널 그렇게 보는 거 알고 있잖

아. 그거 때문에 선택했는데 최악인 건 다이아도 그렇지만 너한테 평생 뜯어 먹힐 거라는 게 훤히 보여. 다."

"뜯어 먹히는 게 아니지. 사랑의 대가이고, 권리기도 한 거야. 날 조금이라도 이해해주면 안 돼?"

"불가능한 건 아무리 고민해 봐도 불가능한 거야. 같이 산다고 무조건 이해하고 공감해줘야 한다는 생각도 무모한 거고."

"우리가 벌써 몇 년을 같이 살았는데 정말 슬프다."

"기억력이 두뇌의 기능 가운데 가장 불안정한 부분이란 거 아니? 기억력이 자아 개념을 강화시키는 데는 안정적이지만 과거의 기억에 대해선 불안정하단 거야. 네 혼자만의 기억 속으로 날 끌어들이지 마. 네 기억 속에 있는 건 내가 아냐. 네가 부풀린 상상으로 만든 거지. 원하면 이혼해준다는 거 여전히 유효하니까 참고하고."

연희는 남편의 태도도 그렇고, 건물도 날아간 이상 이판사판 될 대로 되라는 심정이었다. 홍빈도 이제는 자신의 편이 아닌 게 분명했다.

- 연희야, 홍서방 말이야, 외로워서 그런 거야. 그럴수록 잘해줘. 말하는 게 마음에 안 든다 해도 왜 저런 말을 하지, 가 아니라 그렇게 말할 수도 있는 거지, 라고 받아들이면 속이 훨씬 편해. 저 사람 마음을 모르니까 그런 말을 할 수 있는 거라고 생각하면 속

을 끓일 일도 없어. 세상에 그렇게 돈 많은 집이 어디 있니? 삼겹살을 팔아도 손님한테 고분고분해야 되는데 천 억이면 간이랑 쓸개랑 다 빼줘도 손해 볼 거 없어, 이년아.

- 두 사람 사주가 안 맞아. 남편은 화기 운으로 태어난 사주야. 해라는 말이지. 그러니까 화려한 환경에서 사는 게 팔자야. 돈도 많고, 여자도 들끓어. 근데 자네는 어두운 그늘에서 났어. 달 사주거든. 해와 달은 만날 일이 없어. 그런데 한집에 있으니 맨날 지지고 볶을 수밖에. 딴말 말고 그냥 꾹 참고 살아. 그게 대수야. 다른 방법 없어. 부적이나 하나 쓰고. 좀 비싼 걸로.

친정 엄마의 조언도 점쟁이의 부적도 상처 입은 마음을 달래는 덴 별 소용이 없었다. 연희는 평생 연탄불에 돼지고기를 구워온 엄마의 인생과 달랐기에 어떤 조언도 귀에 들어오지 않았다. 그렇다고 점쟁이가 건네준 부적으로 인생의 나침반을 삼는 것도 우스운 일이었다.

연희는 홍빈에게 하소연했다.

"우린 애기도 없잖아. 그게 내 탓도 아니고. 쓸쓸해서 다이아 하나 갖겠다는 게 그렇게 잘못된 건가?"

"인생을 다이아 같은 거로 대체하려고 하지 마. 나중에 더 쓸쓸하게 돼. 외할아버지가 건물 기부할 때 나나 엄마가 열 내지 않은 이유가 뭔데. 막을 수도 없고, 아닌 거 가지고 억지 부려봤자 소용없거든."

"날 조금도 이해할 수 없단 거지?"

"그건 이해해줄 이유가 아니라 오히려 하지 말아야 할 이유야."

아무리 말해봤자 연희의 속만 더 뒤집어질 뿐이었다. 홍빈이 쑤시고, 후벼 팠다가 도려내도 그걸 견뎌내는 연희의 멘탈도 보통은 아니었다. 하긴 먹자골목 여왕벌로 군림했을 때부터 그런 자질이 충분히 보였다. 살아오면서 모든 충격을 흡수하는 신소재로 몸과 마음을 무장한 것 같았다.

아무리 그렇더라도 임계점은 있는 법. 한쪽이 부러질 때까지 서로 부딪쳐 끝장낼 게 아니라면 피하는 것이 현명했다. 여기에서 자신이 부러지면 손에 쥐는 건 아무것도 없고, 남는 건 빈 껍데기뿐일 게 뻔했다.

연희는 글라스에 따라놓은 위스키를 마저 마시고, 밖으로 나왔다. 집에 있다간 어떤 일이 일어날지 자신도 알 수 없었다. 그럴 때는 일단 피하는 게 상책이었다. 집을 나와서 발길 가는 데로 방향을 잡았다. 발길이 닿은 곳이 바로 다파니 주얼리 숍이었던 거다.

연희가 곽 사장한테 배시시 웃으며 말했다.

"사장님한테 화가 나요."

"네?"

"왜 아직도 내 전번을 묻지 않는 거죠?"

"허, 알고 싶지만 그거야, 어."

곽 사장이 말을 더듬자 눈을 찡긋했다.

"푸~우, 가질 수 있는데 갖지 못하는 다이아는 달콤한 슬픔이죠."

무슨 말인가 싶었는데 뜻을 알 수 없는 말을 했다.

"만약에 내가 사형 받아 죽으러 갈 때 다이아를 주면 죽는 게 하나도 안 무서울 거 같아요."

다이아만 있으면 죽는 게 전혀 무섭지 않다고? 곽 사장은 그 말을 이해하지 못한 게 아니라 무엇을 말하려는 건지 알 수 없었다. 알 수 없으니 답답했다. 어떤 의도인지 종잡을 수 없었다. 그런 곽 사장의 속을 간파했다는 듯 연희는 더 대담하게 말했다.

"여자는 성(城)이고, 남자는 침략자라고 치면 여자가 자신을 지키는 건 당연하죠. 성문을 단단히 걸어 잠그고 성벽도 높이 단단하게 쌓아야겠죠. 하지만 침략자 중에는 특별한 사람이 있어요. 다이아 주는 사람요. 그땐 여자가 스스로 성문을 열어주죠. 당연히 열 수밖에 없죠. 안 여는 게 바보죠."

단둘이 있는 분위기 때문인지 긴장감은 누그러졌고, 오고가는 말은 대담해지기 시작했다. 곽 사장은 웃음을 띠며 농담 어조로 연희의 속마음을 떠보았다.

"나 같은 사람도 특별한 침략자가 될 수 있는 건가요?"

"웰컴. 웰컴이죠."

연희는 눈을 찡긋했다. 그건 좀 전에 곽 사장이 보여준 삼 캐럿 다이아몬드의 효과이기도 했다. 연희는 자리에서 일어나 벽쪽으로 다가가 아주 자연스럽게 전원 스위치를 껐다. 매장 안이 일시에 어두워졌다. 밖의 가로등과 네온사인의 불빛 때문에 완전히 깜깜한 건 아니었다. 연희가 곽 사장에게 다가와 손을 이끌고 소파에 앉았다. 예상치 못한 일이 순식간에 일어났다. 곽 사장은 이게 무슨 일인가 싶었지만 싫지 않기에 거부하지 않았다.

연희가 곽 사장 가슴에 상체를 기댔다. 위스키와 뒤섞인 향수가 콧속으로 훅 들어왔다. 정말 오랜만에 맡는 향이었다. 다 시들었다고 여겼던 욕정이 불끈 솟구쳤다. 연희의 손이 곽 사장의 가슴을 어루만졌다. 곽 사장은 숨이 막힐 것만 같았다.

"나랑 하고 싶은 생각이 있는 거죠?"

"근데 여기서 지금 이러는 건 좀."

"왜요?"

"겁이 나기도 하고."

"겁나요?"

"해본 지 너무 오래돼서."

"크크, 귀여우셔라. 내가 아래를 만져줄 수도 있어요. 커지게."

"하아, 미치겠네."

연희의 손이 가슴에서 더 아래로 내려왔다. 곽 사장의 입에서 신음 소리가 새어 나왔다.

"으흠, 좋네요."

"원래 섹스는 좋은 거예요."

"커지면 책임져요."

"에이, 욕심이 많으시다. 그건 화장실에 가서 혼자 해결해요."

연희는 자리에서 일어나 다시 벽 쪽으로 다가가 전원 스위치를 켰다. 매장 안이 일시에 환해졌다. 곽 사장은 멋쩍은 표정을 지었다. 연희는 그런 표정을 못 본 척하며 파우더 컴팩트를 꺼내 자신의 얼굴을 들여다보며 말했다.

"사장님 입에서 다이아 얘긴 안 나오네. 난 다이아를 받아야 팬티를 보여줄 수 있는데."

진심인지 놀리는 건지 종잡을 수 없었다. 곽 사장은 멋쩍기도 하고, 쑥스러워 헛기침을 했다. 목도 탔다. 정수기에서 물을 뽑아 마셨다. 연희는 자리에서 일어섰다. 곽 사장이 진지한 표정으로 말했다.

"정말 다이아를 갖고 싶다면 굳이 이러지 않아도 돼요."

연희는 무슨 말인가 싶어 곽 사장을 뚫어져라 쳐다보았다.

"보아하니 남편분이 사줄만한 형편인데도 나 몰라라 하니 야속하겠어요. 남자들 여자 마음 잘 몰라요. 답답한 걸 잘 극복하고 계시네."

"아직 극복 못했어요. 억지로 참고 있는 거죠."

계획적인 우연으로 가장해서 접근하고, 약간 술 취한 척하면서 말하는 건 연희에겐 다이아가 그만큼 절실하다는 뜻이었다. 그걸 남한테 이해시키는 건 의미도 없었고, 그럴 이유도 없었다. 홍빈은 그건 이해해줄 이유가 아니라 오히려 하지 말아야 할 이유라고 똑 부러지게 말했다. 연희로선 야속할 뿐이었다.

"나 그렇게 나쁜 사람 아니고, 상식 없는 인간도 아닙니다. 뜻이 통하면 다이아가 아니라 뭔들 못 주겠어요."

연희는 술김에 충동적으로 한 행동이었는데, 정색하는 곽 사장의 말을 듣자 이내 뭐지? 하는 눈빛을 띠었다.

"빙빙 돌리는 거 질색이니까 까놓고 말해 봐요. 뭘 원하는지."

"여기선 좀."

"드라이브라도 할까요?"

"좋죠."

곽 사장은 매장의 불을 끄고 경보시스템도 작동시켰다. 그리고 건물 뒤쪽의 주차장으로 가서 그랜저의 문을 열었다. 연희가 한마디했다.

"사장님, 돈 많이 버셔야겠다. 차 바꾸려면."

"그럴 참이오."

차의 시동을 걸고 막 출발했을 때, 핸드폰 울리는 소리가 났지만 연희는 받지 않았다. 홍빈한테서 온 거였다. 두 번 더 벨이 울렸지만 여전히 받을 마음이 없는 표정이었다.

"한강 공원주차장으로 갈게요. 바람도 쐬고, 강물도 볼 겸."

이촌공원 주차장에는 차들이 띄엄띄엄 주차돼 있었다. 곽 사장은 편의점에서 조금 떨어진 곳에 주차를 했다. 연희는 곽 사장이 자신한테 어떤 걸 원하고, 또 무엇을 줄 것인지 궁금했다. 어떤 걸 요구해도 다이아몬드만 준다면 못할 게 없었다. 곽 사장이 먼저 입을 열었다.

"아까 그 다이아 갖고 싶죠? 삼 캐럿짜리."

"와우, 와우."

"목걸이도 함께 줄 수 있어요. 당연히 다이아 박힌 거."

"놀리는 거 아니죠?"

"내가 왜 놀려요? 나 그런 거 재미없어요."

"그럼 내가 뭘 해주면 되죠?"

곽 사장은 연희에게 자신이 세운 계획을 자초지종 다 털어놓지 않았다. 단지 자신의 계획을 실행하는데 연희가 해줬으면 하는 역할에 대해서만 집중적으로 설명했다. 곽 사장한테 이야기를 듣고 처음에는 이게 무슨 말인가, 애매했던 표정이 금세 선명하게 변해갔다. 오히려 연희가 더 적극적으로 나왔다.

"간단히 말해 누이 좋고 매부 좋은 일이잖아요."

연희는 만면의 미소를 지었다.

인간과 다이아몬드의 상관관계는 두 가지가 있다. 물론 다이아몬드라고 하면 최소한 삼 캐럿 정도는 되어야 한다. 다이아몬드를 갖고 싶은데 가질 수 없는 사람과 다이아몬드를 가질 수 있는데도 갖지 않는 사람. 가질 수 없는 사람한텐 다이아몬드가 죄를 짓는 거고, 무관심해서 갖지 않는 사람한텐 다이아몬드가 벌을 받는 거나 마찬가지다.

원하는 대로 가질 수 있는 사람들은 유구무언이다. 그들은 인간의 범주 바깥에 있는 것이니 질시의 대상이고, 그들이 가진 다이아몬드의 빛이 수많은 사람의 눈을 멀게 할 수도 있다.

곽 사장은 연희를 아파트 입구에 내려주었다. 고가의 아파트 단지였다. 차에서 내리는 그녀의 모습은 우아했고, 눈빛은 다이아몬드처럼 빛났다.

8

뛰는 자 위에 나는 자

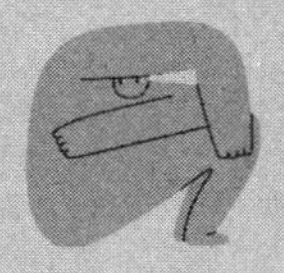

"일이 터지면 유사범행 전과자나 지인, 그리고 고객들까지 다 수사 선상에 오를 텐데 저 카메라에 우리도 찍혔잖아요. 제 집사람도 여길 몇 번 들락날락한 걸로 알고 있는데."

곽 사장은 웃으면서 말했다.

"영화 많이 봤군요. 저 CCTV 녹화 안 됩니다. 전원 꺼놨어요. 아내분이 녹화된 건 이미 다 삭제해 놓았고요."

연희가 물었다.

"나한테 다이아 주는 거 맞죠?"

*

세 친구는 디데이를 결정했다. 바로 오늘 오후 두 시였다. 주유소에서 플라스틱 통에 사온 기름을 오토바이 연료통에 가득 채웠고, 도주로도 정해졌다. 작전을 세웠고, 실전연습까지 마쳤으니 더 이상 미룰 이유가 없었다.

사실 작전이라고 하는 것도 우스웠다. 비니 모자를 푹 눌러 쓰고, 매장 안으로 불쑥 뛰어들어 진열장의 유리를 망치로 내리쳐 박살낸 뒤, 디스플레이 된 금반지와 금목걸이를 싹쓸이 해 재빠르게 빠져나오면 끝이었다.

이미 핸드폰 매장이나 보석매장에서 그런 수법의 범행이 심심치 않게 뉴스로 보도된 적이 있었기에 새로울 게 없었다. 보안 경비업체나 경찰이 도착하기 전에 후딱 끝내고 최대한 신속하게 현장을 뜨면 작전은 끝나는 거였다. 일 분 안에 해치우는 게 관건이었다. 거기에 성공 여부가 달려 있었다.

세 친구는 겉으로는 태연한 척했지만 떨렸고, 겁도 났다. 최악의 경우를 떠올리지 않으려고 애썼지만, 자신들도 모르게 별의별 생각이 다 들었다. 하지만 정상적인 젖꼭지를 가슴에 달기 위해선 극복해야만 했다. 준비를 다 끝낸 마당에 이제 와서 핸들을 꺾어 딴 방향으로 돌리기에도 너무 늦었다.

강진은 떨리는 마음을 떨쳐내려는지 다른 때보다 더 말이 많았다. 담배를 쥔 손끝이 살짝 떨렸다. 내내 큰소리치면서 연습했지만 막상 현장으로 출동하려니 떨리는 건 어쩔 수 없었다.

"우리 중국집 손님 중에 좀 특이한 새끼가 있어. 주방장하고 교도소 동긴데 연쇄강간범이래. 그 새낀 팔뚝에 문신한 조폭만 따먹는 게 특긴데 여자는 재미없다는 거야. 조폭을 강간하면 좋은 게 있어. 뭐냐면 경찰에 신고 안 해. 강간당한 게 쪽팔리거든. 그렇다고 자살하는 거도 아냐. 엉덩이 툭툭 치면서 담배 한 대 피운 거라고 생각하거든. 마누라가 뭐하다가 이제 왔냐고 소리 질러도 당황하지 않아. 올챙이를 바짓가랑이 사이로 질질 흘리면서도 공사장에서 공구리 치다 왔다고 하면 되거든. 조폭은 한 번 당했다고 밥을 굶거나 이혼 같은 거 절대 안 해. 그 새낀 짜장면 먹을 때도 고춧가루를 듬뿍듬뿍 쳐. 씨발, 그럴 거면 아예 짬뽕을 시키지 왜 짜장면을 처먹는 거야."

무엇을 말하려는 건지 이야기의 초점이 오락가락했지만, 중간은 거기에 맞장구를 쳤다.

"어, 나도 그런 놈 봤어. 시시한 새끼들. 그런 놈들은 군대에 다시 보내야 돼."

조폭강간범을 봤다는 건지, 짜장면을 먹을 때 고춧가루를 듬뿍 뿌려서 먹는 사람을 봤다는 건지 알 수 없었다. 하긴 그게 중요한 건 아니었다. 중간도 속으로 떨고 있었기에 자신의 말이 무슨 뜻인지도 모르고 나오는 대로 내뱉었다. 누가 묻지도 않았는데 엉뚱한 과거까지 털어놓았다.

"야, 나 고등학교 때 빵집에서 맘모스 빵 훔친 적 있다. 훔친 거라서 졸라 맛있더라. 길에 세워둔 벤츠를 동전으로 쓱 긁은 적도 있어. 길을 막고 있었거든. 휘발유를 붓고 라이터를 켰으면 불구경이 볼만했을 텐데. 그리고 가을이었는데 우리 집 옥상 빨랫줄에 여자 팬티랑 브라자가 널려 있는 거야. 주인집 딸 거였어. 빨간색이었는데 파란 하늘하고 졸라 잘 어울리더라. 바람에 살랑살랑 흔들리는데 죽이더라. 빨강과 파랑이 그렇게 멋지게 어울린 건 본 적이 없어. 여친이 있으면 그거 슬쩍 걷어서 갖다 줬을 거야. 새 거였거든."

강진은 별 반응이 없었고, 하득도 심드렁했다. 그때 하득은 느린 말투로 갑자기 소리쳤다.

"근데 저어기 저거 경찰인 겨, 아닌 겨?"

하득의 경찰이라는 말에 강진과 중간의 얼굴이 갑자기 사색이 됐다. 그런 모습에 하득은 킬킬거리며 웃었다. 경찰은 없었다. 강진과 중간이 잔뜩 긴장해 있는 걸 보고 일부러 놀려주려고 한 말이었다. 긴장을 풀어주려는 뜻도 있었다. 강진과 중간은 어이가 없었다.

"느들 풍성학려(風聲鶴唳)인 겨. 지금 벌벌 떨려서 헛소리에도 깜짝 놀라잖여. 그런 새가슴으로 제대로 털 수 있는 겨?"

하득은 의외로 덤덤했다. 겁에 질린 얼굴빛도 긴장한 표정도 찾아볼 수 없었다. 그런 게 마트에서 실전연습을 한 효과인지, 원래 그렇게 느긋한 건지 애매모호했다. 마트를 처음 털 때의 모습과는 아주 딴판이었다.

하득은 두 친구를 보며 말했다.

"만약 말이여, 아주 만약에 우리가 경찰에 잡히면 누가 대장인 겨?"

두 친구는 뭐 저만 말을 해, 하는 눈빛으로 하득을 쳐다보았다. 강진이 말했다.

"재수 없게 잡힌다는 말을 하고 있어."

“그러니까 만약이라고 혔잖여.”

“아무리 만약이라도 그렇지.”

중간이 말했다.

“셋 다 대장이라고 하지 뭐.”

강진은 고개를 끄덕였다.

“그래, 우린 운명적으로 맺어진 거니까 그게 맞다.”

세 친구는 다시 단단히 마음을 다잡고 오토바이의 시동을 걸었다. 강진이 핸들을 잡은 90cc 뒤에는 하득이 앉았고, 50cc는 중간이 탔다.

이제 주사위는 던져졌다. 타깃을 향해 돌진하는 일만 남았다. 다파니 주얼리 숍에는 십오 분 정도면 충분히 도착할 거였다. 그러니까 십오 분 뒤에는 인생의 대전환을 맞는 순간이 된다. 정상적인 젖꼭지를 갖는 첫 단추를 꿰게 되는 것이다. 일요일이라 도로에는 차가 많지 않았다. 오토바이는 액셀러레이터를 당기는 대로 속도가 났다.

강진의 머릿속은 딱 한 가지 생각뿐이었다.

태국에 가서 수술을 받고 오면 사임이 자신에게 돌아올 거라는 확신이 들었다. 사임도 젖꼭지만 제대로 고쳐 놓는다면 돌아오겠다고 말했던 터였다. 돌아오지 않는다면 어떡하든 설득시키겠다고 마음먹었다. 사임이랑 다시 살게 되면 더 열심히 배달하고, 돈을 모아 전셋집을 얻을 거다. 가끔 멀티플렉스로 영화도 보러 가고, 레스토랑에서 스테이크도 먹겠다고 다짐했다. 사임이가 늘 입에 달고 살았던 쌍꺼풀 수술을 해줄 작정이었다. 돈을 더 벌면 코 성형수술도 해줘야겠다고 생각했다.

중간은 제발 별다른 사고 없이 일이 끝났으면 하는 바람뿐이었다.

일이 잘 끝나면 당연히 태국행 비행기를 탈 것이고, 젖꼭지를 회복하면 풀장에 가서 수영부터 할 거였다. 그리고 택배든 사설경비든 일자리부터 찾아야지. 지하철 안에서 우산을 팔든 길거리에서 양말을 팔든 영업사원도 기꺼이 하리라. 여친도 사귀어야지. 여친을 사귀면 제일 먼저 놀이공원에 가서 롤러코스터를 타봐야겠다. 달콤한 상상은 끝없이 이어졌다.

하득의 머릿속도 다르지 않았다.

양쪽에 젖꼭지 두 개를 달게 되면 탈의하고 상반신 사진부터 찍고 싶었다. 헬스장에 가서 빡세게 운동해 초콜릿 근육도 만들고, 당연히 클럽도 가야지. 클럽에서 여친 사귀는 상상을 하자 기분이 훨씬 좋아졌다. 여친을 사귀면 찜질방에도 가고, 일출 보러 강릉 경포대부터 갈 거라고 생각했다. 마음은 벌써 파도가 넘실대는 바다로 달려가고 있었다.

세 친구들의 즐거운 상상이 푸득푸득 날개를 펼치고 하늘 높이 채 비상하기도 전에 타깃 목표인 다파니 주얼리 숍이 시야에 들어왔다. 거의 백 미터쯤 앞에 두었을까.

바짝 긴장이 됐다.

하나, 둘, 셋, 넷, 카운트가 끝나면 머리에 쓴 비니 모자를 턱밑까지 당기고, 오토바이를 세운 뒤 매장으로 뛰어 들어갈 자세를 취하며 호흡을 막 가다듬는 찰나였다.

세 친구는 거의 동시에 아뿔사, 하는 눈빛을 띠었다. 앞서 가던 강진은 중간한테 아주 황급하게 서지 말고 그대로 따라오라는 손짓을 했다. 뒷자리에 앉은 하득도 연신 따라오라고 손짓했다. 정지하지 말고 그냥 통과하라는 뜻이었다. 당연히 중간도 그럴 생각이었다. 다파니 주얼리 숍을 터는 건 불가능했다.

다파니 주얼리 숍 바로 앞에 서 있는 경찰 순찰차가 눈에 들어왔기 때문이었다. 경찰차가 주차돼 있는데 매장을 터는 건 기름통을 지고 불로 뛰어드는 거였다. 그야말로 십년감수했다. 세 친구가 탄 오토바이는 경찰이 쫓아오지도 않는데 마치 따돌리기라도 하는 것처럼 속도를 높였다. 얼마나 액셀러레이터를 세게 당겼는지 오토바이는 똥구멍이 찢어지는 소리를 냈다.

세 친구는 핸들의 방향을 베이스캠프인 이촌공원으로 잡았다. 주차장에 오토바이를 세워 놓고 누가 먼저랄 것도 없이 담배를 한 대씩 입에 물었다. 담배 맛이 쓰디썼다. 누구도 입을 열지 않았다. 담배 연기만 푹푹 내뿜고 있었다. 안도인지 속이 타는 건지 한숨도 섞여 있었다.

강진이 말했다.

"씨발, 좆 될 뻔했다. 근데 거기에 왜 경찰이 있는 거야?"

중간이 맥없이 말했다.

"그러게 말이야."

"우리 중에 누가 경찰에 꼰지른 거 아냐?"

"에이, 누가. 말도 안 되는 소리."

"그거야 모르지."

"우연의 일치 아닌가?"

"멋도 모르고 털러 들어갔으면 와아, 지린다."

강진과 중간은 아무 말이 없는 하득을 빤히 쳐다보았다. 하득은 재미있다는 듯이 웃음을 지어보였다.

"느들은 아직 먼 겨."

강진과 중간은 무슨 소리인가 싶어 동시에 물었다.

"뭐가?"

"무슨 소리야?"

하득은 느릿느릿 말했다.

"아까 그 경찰차, 교통 순찰차인 겨. 강도나 도둑을 잡는 강력 경찰이 아니라 도로 순찰하는 차인 겨."

이번에도 동시에 물었다.

"그걸 어떻게 알아?"

"어디서 구라를 까고 있어."

하득이 말했다.

"교통 순찰차는 보통 큰 도로에 세워 놓고 차량이 얼마나 있나, 막히진 않나 그런 걸 보는 겨. 근데 강도나 도둑을 잡는 강력계 경찰차는 길에 있는 게 아녀. 동네 골목이나 공원 같은 데 있는 겨. 차가 다니는 길에서 도둑질 하는 놈은 읎으니까. 도둑은 집 안에 있는 걸 훔치고, 싸움질은 공원이나 술집에서 하니까 거기로 출동하는 겨. 차가 냅다 달리는 도로 한복판에서 어떻게 싸우고, 뭘 도둑질을 혀?"

터무니없는 말이었지만 그럴 듯하게 들렸다. 하득은 이어 입을 열듯 말듯한 표정을 지었다.

"근데 이건 말여. 음."

강진이 신경질적으로 말했다.

"아, 뭐야?"

하득은 느긋하게 말했다.

"아무래도 도지취나(盜之就拿) 궐족자마(蹶足自痲)인 겨."

결국 강진과 중간은 폭발하고 말았다.

"저 새끼랑 열 받아서 더 이상 말 못하겠다."

"아구통 날리기 전에 제발 외계인 방구 뀌는 소리 좀 그만 해. 머리 아파."

하득은 그래도 입을 닫지 않았다.

"도둑이 제 발 절인 겨. 토끼가 지 방구 소리에 놀란 거고. 그래선 큰일 못혀."

틀린 말은 아니었다. 서로 얼굴 쳐다보기가 쑥스러웠다. 강진은 오토바이에 올라 시동을 걸었다.

"가서 닭발에 소주나 한잔하고, 다시 날짜 잡자."

하득이 말했다.

"터는 덴 대낮보단 밤이 훨씬 좋은 겨. 사람들이 알아보기 어렵고, 도망가기도 좋잖여."

생각해보니 맞는 말이었다. 강진이 하득한테 핏대를 높였다.

"씨발, 진작 말하지 왜 이제서 말하는 거야."

"일에는 다 때가 있는 법인겨."

무슨 말인지 알 수는 없었지만 경찰 순찰차를 보기 전까지만 해도 사기충천했던 게 한풀 꺾인 건 확실했다.

세 친구의 습격사건이 실패로 돌아간 그날 저녁에 홍빈과 연희가 다파니 주얼리 숍을 찾아왔다. 홍빈의 표정은 자못 진지했고, 연희의 표정은 잔뜩 들떠 있었다.

곽 사장은 블라인드를 내리고 문도 잠갔다. 오늘 영업은 끝난 것이다. 두 사람한테 커피를 내밀었다. 홍빈은 마스크를 벗고 커피 향을 음미했다.

"커피 좋네요. 향이."

곽 사장은 홍빈에게 말했다.

"얘기 들었겠지만 그렇게 어려운 거 아닙니다. 나도 많은 부담을 안고 하는 거라 꼭 성공해야 하고요."

"잘될 겁니다."

어제 밤늦게 집으로 돌아온 연희에게 곽 사장의 제의를 전해들은 홍빈의 첫 반응은 웬 떡이야, 하는 표정이었다. 연희는 어디서 그런 거지같은 제의를 받아왔냐고 타박이나 받지 않을까 싶었는데 홍빈의 반응은 전혀 예상 밖이었다.

아주 신이 나서 어쩔 줄 몰랐다. 연희로서는 홍빈이 그런 반응을 보일 거라곤 생각하지 못했고, 홍빈으로서도 그런 제의를 받으리라고는 꿈에도 생각지 못했다.

"야, 〈보니 앤 클라이드〉가 내 로망인데 살다보니 이런 일이 다 있네."

연희는 아주 신이 나 있는 홍빈이 의아했다.

"〈보니 앤 클라이드〉가 뭔데?"

"보니 하고 클라이드가 멋지게 은행을 터는 영화가 있어. 남자랑 여자가 아주 멋지게."

"이건 은행이 아니라 주얼리 숍이야."

"그게 그거지."

"터는 거도 아니고, 사장이 부탁한 대로 하는 거야. 근데 이거 괜찮은 건가?"

"우리가 터는 게 아니라 주인이 부탁한 건데 뭐가 문제야. 경찰한테 잡혀도 아, 이거 주인이 시켜서 한 거다 하면 일없어. 절도? 강도? 아니야. 자기 가게에서 자기 물건을 가져가는 건데 그게 무슨 죄가 돼."

"나중에 사장이 아니라고 하면?"

"사장이 하는 말을 다 녹음해 둬야지. 딴말하지 않게."

"근데 정말 그 다이아를 줄까? 삼 캐럿짜리."

"너 바보니?"

"왜?"

"만약 전쟁에서 네가 보석가게 주인을 포로로 잡았다고 생각해

봐. 그놈이 다이아를 줄 테니까 살려달라는 거야. 삼 캐럿이랑 오 캐럿이랑 둘 중에 하나를 고르라고 하면 어떤 걸 가질래?"

"큰 거."

"넌 그게 한계야. 태어날 때 깜빡하고 생각을 엄마 뱃속에 두고 나온 거 같아."

"뭔 소리야?"

"땅바닥에 오만 원짜리랑 만 원짜리가 떨어져 있으면 넌 오만 원짜리만 줍냐?"

"아하."

"오천만 원 챙기는 걸로 끝내면 바보지. 우리가 싹 가로채면 오억도 넘을 텐데. 더 될지도 모르고. 우리가 가로 챘다고 경찰한테 신고할 수도 없고, 신고해도 지가 훔치라고 한 건데 뭐가 문제야. 우린 가져온 거 별로 없다고 오리발 내밀면 되고. 이렇게 좋은 기회를 그냥 보낼 순 없지."

"듣고 보니 그러네. 훔치는 게 아니니까 우리가 빼돌려도 괜찮겠네."

"진열장에 있는 거랑 금고 안에 있는 거도 다 가져가라며?"

"어. 맞아."

"진짜 큰 건이네. 제대로다."

"그런 건가? 난 다이아만 있으면 되는데."

"넌 스케일이 왜 그렇게 작니. 이건 하늘이 준 기회야."

"솔직히 불안하고 걱정도 돼."

"걱정할 게 뭐 있어. 훔치는 것도 아닌데. 주인이 시키는 대로 하는 건데 불안해할 거 없어. 사장이 하는 말, 다 녹음해두면 우린 잘못한 게 하나도 없는 거야. 가져온 보석까지 싹 챙겨야지. 근데 생각해봤어?"

"뭘?"

"그 사장이 왜 이런 걸 우리한테 시키는 건지, 그 이유 말이야."

"꿍꿍이가 있는 거겠지."

"맞아. 자작극을 벌여서 보험금 타내려는 게 뻔해. 그런 사람들 꽤 있거든."

"어머, 글쿠나."

"우릴 이용해서 손도 안 대고 코 풀려고 하지만 어림없지. 게임 체인저는 우린 거야. 바로 나."

"근데 사장이 날 믿고서 부탁한 건데 이렇게 해도 되나?"

"우린 누군가로부터 셀 수 없이 속고 살아. 내가 속이는 게 아니라 나를 둘러싼 놈들이 날 속이는 거지. 그러니까 내가 남을 속이는 건 단지 방어하기 위한 거야. 양심 같은 거 가질 필요 없어."

"그래도 걱정돼."

"난 말이야, 처음 듣자마자 완전 빽 갔어. 멋지게 한탕하겠구나, 그 생각밖에 안 들었어. 우리가 먼저 부탁한 거도 아니잖아. 부탁한 놈이 잘못이지."

"자기가 좋다니까 다행인데 어쨌든 훔치는 건 훔치는 거라 신경이 쓰여."

"신경 쓸 거 없어. 꼭 이유가 있어야만 훔치는 건가?"

"우리 이런 거 해본 적 없잖아. 이게 취미도 아니고."

"난 가끔 일부터 저지르고 나서 생각해. 그게 편하거든. 일을 저지르기 전에 너무 생각하다 보면 골치 아파서 아무것도 할 수 없으니까."

연희는 결혼도 그렇게 한 거냐고 말하고 싶었지만, 어떤 말이 되돌아올지 충분히 예상됐기에 그건 묻지 않았다.

"이해하지?"

"어."

"이해는 머리로 하는 것이고, 감동은 가슴으로 하는 거야. 한번 벗어 봐. 가슴 좀 보게."

"에이, 짐승."

"남자는 강렬한 성욕이 끓어오를 때 순수한 짐승이 되는 거야.

클라이드도 그랬어."

"아까 말한 그 영화?"

"어, 클라이드는 그게 서질 않아서 제대로 하질 못했는데, 은행을 턴 뒤에 자신들이 뉴스에 나오면 쾌감을 느끼고, 잔디밭에서 멋진 섹스를 했거든. 텐션이 돼야 이게 서거든."

"지금 자기도 그런 거야?"

"생각만 해도 텐션 땡긴다."

"벌써 섰네. 하여튼 물건 하나는 잘 컸어."

"삼십팔 년 살아오면서 내 물건 잘 컸다고 말한 건 너뿐이야. 기분 좋네."

"빨아 줄까?"

"알았어."

"자기 내가 사랑하는 거 알지? 그러니까 이런 일도 생기잖아."

"닥치고 빨기나 해."

충동과 욕망이란 동물적인 것이며, 동물적인 것만큼 쾌락을 가져다주는 것도 없다. 홍빈과 연희는 처음으로 성감대가 가져다주는 쾌락을 온몸으로 느꼈다. 그것도 두 번씩이나. 육신이 하얗게 증발되는 듯한 해방감까지 맛보았다. 몸으로 하는 섹스에 정신까지 섞으면 쾌락은 두 배로 커진다.

오르가즘은 두 종류가 있다. 신체의 특정 부위가 왕성하게 수축하는 육체적인 것과 심리적인 아타락시아(ataraxia, 잡념에 사로잡히지 않고 동요가 없이 고요한 마음의 상태)의 세계로 몰입되는 정신적인 것, 두 사람은 동시에 그것을 느끼고 있었다. 다파니 주얼리 숍의 다이아몬드와 보석 때문이었다.

곽 사장은 다파니 주얼리 숍으로 찾아온 홍빈과 연희에게 그들이 해야 할 역할에 대해서 하나하나 설명했다. 디데이는 돌아오는 토요일 밤으로 정했다. 찾아오는 고객도 뜸하고, 거리도 한산하기 때문이었다. 기획된 자작극의 순서는 이미 다 정해져 있었다.

- 스포츠 모자에 선글라스를 쓰고, 마스크로 얼굴까지 깊이 가리고 매장 안으로 들어올 것.
- 반드시 장갑을 낄 것.
- 복장은 누가 보아도 알아볼 수 없는 새 옷이어야 하고, 끝나자마자 소각해 버릴 것.
- 가능한 둘 다 남자로 보일만한 복장을 할 것.
- 대중교통을 이용하고, 숍에서 삼백 미터쯤 떨어진 곳에서 내려 걸어서 들어올 것.
- 매장 안으로 들어오자마자 조명을 끄고 문부터 잠글 것.

- 그리고 칼로 곽 사장을 위협해 손을 뒤로 돌려서 묶고, 입에는 테이프를 붙일 것.
- 망치로 진열장을 마구 때려 부술 것.
- 진열장 안에 있던 보석과 금고 안에 있던 다이아몬드를 쇼핑백에 모두 담을 것.
- 곽 사장의 주머니를 뒤져 자동차 키를 챙길 것.
- 바닥에 페인트 희석제인 시너를 뿌릴 것.
- 바닥에 흥건할 정도로 뿌리고 소파에도 뿌릴 것.
- 곽 사장을 비상구를 통해 주차장으로 끌고 나가 그랜저 트렁크에 실을 것. 차는 시동을 걸어두고 매장 안으로 들어올 것.
- 옷걸이에 꽂아 놓은 두루마리 화장지에 라이터로 불을 붙일 것.
- 화장지가 타 들어가면서 바닥에 제대로 떨어지도록 각도 조절을 잘할 것.
- 현장을 빠져나갈 수 있는 시간 정도만 확보할 것.
- 현장을 빠져나가면 강변북로와 올림픽대로를 이용할 것.
- 남한산성 유원지의 외진 주차장에 그랜저를 주차할 것.
- 미리 주차장에서 멀리 떨어진 곳에 자신들의 차를 세워두고 도보로 빠져나와 타고 움직일 것.

- 본격적인 수사가 시작되기 전에 보름쯤 해외에 나가 있을 것.
- 숍에서 가져간 보석들은 두 달쯤 뒤 돌려줄 것.
- 그 이전에 전화통화는 절대 하지 말 것.

곽 사장은 매장에 들어온 연희와 홍빈이 진열대와 금고 안에 있는 보석과 다이아를 모조리 챙긴 뒤, 흔적을 다 없애기 위해 불까지 지르는 것으로 계획을 세웠다. 그랜저 트렁크에 곽 사장을 싣는 건 일종에 인질이란 느낌을 주기 위한 거였다. 하루쯤 지난 뒤 트렁크에서 발길로 차서 소리를 내면 구조되는 건 별 문제가 없을 것이었다. 보험사와 경찰의 의심을 피하기 위해선 완벽하게 연기하는 게 중요했다.

곽 사장은 자신이 세운 계획에 맞춰 홍빈과 연희가 해야 할 역할을 힘주어 강조했다. 곽 사장은 정해놓은 동선을 따라 움직이는 연습을 연희와 홍빈에게 몇 번씩 반복해서 시켰다. 꼼꼼하게 빈틈없이 연기해야만 의심받지 않고, 효과도 낼 것이었다.

계획이 성공하려면 아무리 강조해도 지나치지 않았다. 그게 성공으로 가는 유일무이한 길이었다. 미국의 WWE(World Wrestling Entertainment)가 인기 있는 이유는 짜고 치는 고스톱이란 걸 다 알고 있지만, 기가 막힌 액션의 타이밍과 연극적인 요소 때문이다. 거기다 스포츠 스피릿까지 있으니 열광하는 건 당연하다. 다파니 주얼리 숍의 자작극도 그와 다르지 않았다. 보험회사와 경찰의 시선을 속이려면 완벽하게 몰입해 자신들까지 진짜라고 믿고 리얼하게 움직이는 것 이외는 다른 방법이 없었다. 그게 최선이었다. 홍빈은 진지한 표정으로 이야기를 들으면서 연신 고개를 끄덕였다. 곽 사장의 모든 말은 홍빈의 스마트폰에 고스란히 녹음되고 있었다. 나중에 곽 사장이 딴소리를 하면 확실한 증거가 될 것이었다. 불쑥 홍빈이 곽 사장한테 질문을 했다.

"일이 터지면 유사범행 전과자나 지인, 그리고 고객들까지 다 수사 선상에 오를 텐데 저 카메라에 우리도 찍혔잖아요. 제 와이프도 여길 몇 번 들락날락한 걸로 알고 있는데."

곽 사장은 웃으면서 말했다.

"영화 많이 봤군요. 저 CCTV 녹화 안 됩니다. 전원 꺼놨어요. 아내분이 녹화된 건 이미 다 삭제해 놓았고요."

연희가 물었다.

"나한테 다이아 주는 거 맞죠?"

"당연하죠. 이렇게 애써 주시는데."

곽 사장은 대포차를 구입해서 그것을 이용하도록 해볼까 싶었지만 오히려 그게 더 혐의를 받을 것 같단 생각이 들었다. 움직임이 많으면 닿는 것도 많은 법. 그게 모두 단서가 될 가능성이 있는 거였다. 자신의 그랜저를 이용하면 매장 사정을 잘 아는 지인이나 고객을 중심으로 해서 수사가 될 게 뻔했다. 홍빈과 연희는 CCTV에도 녹화되지 않았고, 더구나 자신과 전화통화는 한 번도 하지 않았기에 아예 수사 대상에 오를 일도 없을 터였다.

더구나 화재로 건물이 통째 날아가면 증거는 남아 있을 게 없었다. 만의 하나 수사대상에 오르더라도 고급 아파트에 살고, 외제차를 모는 부르주아가 범행을 했으리라곤 꿈에도 생각지 못할 것이었다.

곽 사장이 연희와 홍빈을 끌어들인 건 다 그런 이유에서였다. 그게 경찰이 예상하는 걸 염두에 두고 허를 찌르는 묘수라고 생각했다. 곽 사장은 연희와 홍빈의 전번을 물은 뒤 메모해두었다. 바로 자신의 전번을 적은 메모지를 건네주었다. 한 번도 통화하지 않았으니 전화번호가 수사에 활용되는 일은 결코 없을 것이었다.

곽 사장은 며칠 전부터 삼층 살림집에서 중요한 물건을 정리해 미리 시흥에 사는 어머니의 집으로 옮겨놓았다. 모든 문서와 통장, 비싼 골동품, 아내의 패물 같은 것들이었다.

일층에 불이 나고 폭발이 되면 건물이 폭삭 무너져 어떤 물건도 찾는 건 불가능할 터였다. 건물을 무너뜨리는 폭발력은 이층 세공실에 있었다. 창문은 물론 철문까지 잠그고 틈새를 다 메운 뒤 밸브를 열어 도시가스를 빵빵하게 채워 놓을 계획이었다.

일층 매장의 옷걸이에 꽂아 놓은 두루마리 화장지의 휴지심이 다 타서 바닥에 툭 떨어지면, 온통 불바다가 돼 통로를 타고 이층으로 옮겨 붙는 건 시간문제였다. 이층에 불 냄새가 닿는 바로 그 순간에 꽝, 그것으로 끝이었다. 가스는 화기에 아주 민감하기 때문에 불 냄새만 맡아도 터질 게 뻔했다.

도시가스 폭발로 인해 건물이 거덜이 난 사고는 이미 뉴스로 여러 번 보아온 터라 계획대로 될 거라 확신했다. 그러니까 불을 붙인 두루마리 화장지가 건물을 날려줄 뇌관 역할을 할 거였다. 몇 번 두루마리 화장지를 직접 태운 결과를 보고 내린 결정이었다.

건물이 무너져 내리면 증거는 남아 있을 게 없었다. 타고 남아 있는 시너 냄새를 의심하면 건물 외벽 페인트 작업을 위한 거였다고 둘러대면 되고, 페인트도 몇 통 가져다 놓았으니 알리바이는 확실했다.

곽 사장은 금고의 다이아몬드 케이스 안에는 다이아몬드 대신 큐빅을 넣어두었고, 진열장 안의 모든 보석들도 이미테이션으로 진열해두었다. 사람이 하는 일이라 그 결과가 어찌될지 모르기에 미리 손을 쓴 거였다.

큐빅이나 이미테이션은 돌려받지 못한다 해도 아까울 게 없었다. 가격으로 계산해 봐도 비싼 게 아니었다. 진품은 이미 다 빼돌려놓았다. 없어진 게 이미테이션이라도 보험금을 받는 건 당연히 진품으로 환산한 가격이 될 거였다. 힘들게 보석전용보험을 가입한 것도 그 때문이었다.

물론 연희와 홍빈은 그 같은 사실을 알 리 없었다. 문제는 일층 매장의 불길이 통로를 따라 이층으로 제대로 올라가줘야 하는 것이다. 이층 세공실에 도시가스를 꽉 채워 놓았으니 불길이 조금만 닿아도 엄청난 폭발이 일어나는 건 의심의 여지가 없었다. 옆 건물에 피해가 갈 수도 있지만 그건 별 문제가 아니었다. 폭발이 되는 게 중요하지 그 이외는 다 부차적인 거였다.

다파니 주얼리 숍 안에서 계획을 짜는 세 사람의 표정은 진지했지만, 조금씩 차이가 있었다. 곽 사장은 홍빈과 연희가 과연 계획한 대로 잘해 줄 것인가, 진짜 잘 해줘야 할 텐데, 하는 생각뿐이었다.

연희는 삼 캐럿짜리 다이아몬드 두 개가 자신의 손가락에 끼워진 것처럼 들떠 있었다. 홍빈도 흥분을 감추지 못하고 신나는 표정이었다. 전혀 생각지도 못했던 다이아몬드와 보석을 움켜쥐는 게임 체인저가 되었으니 솟구치는 흥분을 억누를 수 없었다.

계획은 다 세워졌고, 디데이를 기다리는 일만 남았다.

9

너도 훔치고, 나도 훔친다

"저 새끼가 우릴 가지고 논 거야."

"나쁜 놈이네. 다 줄 거처럼 하더니."

"세상엔 나쁜 놈도 있고, 더 나쁜 놈도 있는데 저 새낀 진짜 최악으로 나쁜 놈이야. 저런 나쁜 새끼한테 배신당했다는 게 슬퍼. 억울하고."

"세상에 슬프고 억울한 일 많아. 그러니까 자기 너무 속상해 하지 마."

"이번에 또 한 가지 배웠네."

"뭘?"

*

토요일의 유쾌한 한낮이 지나간 뒤 땅거미가 내려앉고 있었다. LED 가로등이 거리를 환히 밝히기 시작했고, 네온사인도 일제히 오색 빛깔을 터뜨렸다. 다파니 주얼리 숍에서 벌어질 불꽃 쇼 타임이 점점 다가오고 있었다.

강진은 오토바이에 앉아 담배를 피워 물었다. 얼굴 표정은 지난 번보다 훨씬 더 비장해 보였다. 아랫배가 살살 아픈 게 신경이 쓰였지만 오늘은 기필코 끝장내야 한다는 투지와 결의가 넘쳐흘렀다.

강진이 말했다.

"모든 게 계획대로 잘될 거야. 연습한 대로 하면 문제없어. 오늘은 우리 인생이 바뀌는 날이야. 폼 나게 한번 살아보자. 왕창 털어보자."

중간이 이어 받았다.

"난 요즘 내가 살아있는 거 같았어. 이제 새로운 인생이 펼쳐질 거야. 쪽팔리게 살아온 거, 다 끝났어. 너희들 고마워. 만약에, 정말 만약에 오늘 일이 잘 안 돼도 후회 없어. 잘될 거라고 믿지만 최악이라도 너희랑 함께한 게 좋았어. 너희랑 같이 여기까지 오는 동안 내가 살아있단 걸 느꼈거든. 이런 거 처음이야. 가슴 졸라 뛴다. 우리 국기에 대한 경례도 하자."

"그건 지랄하는 겨."

하득이 중간을 통박했다. 그리고 주머니에서 주섬주섬 뭔가를 꺼내 입안에 슬그머니 넣었다. 강진과 중간이 뭔가 싶어 동시에 쳐다보았다.

"혼자 뭘 처먹는 거야?"

"뭔데?"

하득은 씩 웃었다.

"우황청심환."

강진이 말했다.

"지랄은 지가 하네."

중간은 키득키득 웃었다.

"시험 보러 가냐?"

하득은 느릿하게 말했다.

"무섭고 떨려서 먹는 게 아녀. 침착하려 먹는 겨. 사람은 어떤 일을 할 때 최악의 경우를 대비해야 하는데 피 튀기는 싸움이 되면 어쩔 겨? 흔들리지 않고, 중심 잃지 말아야 하잖여. 그래서 미리 먹어둔 겨. 행동은 열정으로 하고, 마음은 냉철해야 하는 겨."

전혀 뜻밖의 말이었다.

"난 말이여, 오늘 안 된다고 해도 포기 안 혀. 너희 때문에 여기까지 온 거니까 고마운 거 말로 다 할 수 읎어. 우리 조상님들도 다 이해해 줄 겨. 내 인생 모두 건 겨. 건곤일척(乾坤一擲)인 겨."

강진과 중간은 건곤일척이 무슨 뜻인지 몰랐지만 전처럼 화도 안 냈고, 묻지도 않았다. 그냥 좋은 뜻일 거라고 생각했다.

강진은 90cc 오토바이에 시동을 걸고 액셀러레이터를 몇 번 풀로 당겨보았다. 오토바이는 하늘로 이륙이라도 할 듯 꿈틀거렸다. 중간도 출격 명령이 떨어진 것처럼 50cc 오토바이에 시동을 걸었다. 액셀러레이터를 당기자 악을 쓰듯 드르릉드르릉했다. 머플러가 흰 연기를 내뿜으며 찢어지는 소리를 연이어 냈다.

강진이 먼저 원을 그리며 한 바퀴 돈 뒤 경적을 울리며 출발했고, 중간도 바로 뒤이어 따라갔다. 먹이를 잡으려고 전력을 다해 뛰어가는 날렵한 치타 같았고, 영역을 침범한 하이에나한테 우직하게 돌격하는 코뿔소 같기도 했다. 강진이 울려대는 경적에서는 사기충천의 기운이 뻗쳤다. 위풍당당한 출전 행진곡이 따로 없었다.

빠라바라 빠라바라 빠라바라 바!!!

홍빈과 연희는 샌프란시스코행 비행기를 예약했다. 다파니 주얼리 숍의 건을 끝내면 바로 출국할 예정이었다. 일단 샌프란시스코로 간 뒤 거기서 라스베이거스로 갈 예정이었다. 슬럿 머신과 룰렛도 하고, 블랙잭과 홀덤도 할 생각이었다. 한몫 잡았으니 그냥 있을 수 없었다. 해외로 출국하는 건 곽 사장의 요구사항 중 하나였다. 당연히 지켜야 할 옵션이었다. 그렇지 않아도 근질근질해서 콧바람을 쐴 작정이었는데, 그게 옵션이니 도랑 치고 가재 잡는 격이었다.

홍빈과 연희는 곽 사장이 짜놓은 플랜대로 움직였다. 전통시장에 가서 남성 트레이닝복 두 벌과 스포츠 모자도 샀다. 가벼운 운동화도 준비했다. 보석을 모조리 쓸어 담을 쇼핑백도 빼놓을 수 없었다. 그렇게 준비를 다 끝내자 마치 이미 다이아몬드와 보석을 손에 넣은 것처럼 뿌듯했다.

디데이로 정한 토요일 밤이 되자 연희와 홍빈은 트레이닝복 차림에 스포츠 모자를 쓰고, 마스크로 얼굴 전체를 가렸다. 이미 계획은 다 세워졌고, 순서는 정해진 터라 떨리고 말고 할 게 없었다. 다이아몬드와 보석을 챙기러 가는 즐거운 소풍이었다.

다파니 주얼리 숍으로 이동하는 건 택시를 이용했다. 택시 안의 블랙박스에 자신들의 모습이 찍혀도 걱정할 게 없었다. 찍혔다 하더라도 알아보기 쉽지 않고, 또 사건이 일어난 뒤에 용의자 선상에 오를 일도 없었다. 모자와 트레이닝복도 다 소각해버릴 참이었다. 택시를 타고 가는 동안 연희는 내내 다이아몬드에 사로잡혔고, 홍빈은 라스베이거스로 날아가서 즐거운 시간을 보낼 생각뿐이었다.

택시는 잠수대교를 건너 강변도로를 달리다가 동부이촌동 쪽으로 방향을 잡았다. 시간이 오래 걸리지 않았다. 연희와 홍빈은 다파니 주얼리 숍이 있는 곳, 전방 오백 미터쯤에서 내렸다. 계획은 삼백 미터였지만 거리가 멀수록 더 안전할 것 같은 생각이 들어서였다. 시간은 충분했고, 급히 재촉할 이유도 없었다.

홍빈은 추운 날씨도 아닌데 어깨를 부르르 떨었다. 연희는 홍빈의 손을 잡으며 말했다.

"자기 떠는 거 같아."

"떠는 거 아냐. 엔진이 막 작동하기 시작한 거지. 목표가 눈앞에 보이니까."

"우리 잘하고 있는 거지. 잘못 하는 거 아니지?"

"인생에 정답 같은 건 없어. 선택하는 거뿐이야. 그러니까 선택했으면 두려워하지 마."

"사장이 다른 꿍꿍이가 있는 건 아니겠지?"

"드러나 있는 거랑 숨겨져 있는 건 각도가 달라. 그러니까 비스듬히 바라보는 게 필요해. 내가 볼 땐 이거 돈 놓고 돈 먹는 게임이야. 먼저 차지하는 사람이 임자야."

"어쨌든 속이는 거잖아."

"다 똑같은 생각에, 똑같은 거짓말을 하니까 누가 멋지게 속이느냐가 위너가 되는 거야. 어설프면 루저가 되고."

"그러니까 우리가 이긴 거네."

"다파니 주얼리 사장은 최악이고, 우린 최고의 선택을 한 거지. 지금까진 그래. 그리고 확신이 없는 사람들은 우연에서 어떤 계시의 흔적을 찾고 싶어 하거든. 그걸로 인생을 바꿀 거라고 생각하지만 어림없어. 착각이야. 우연은 필연한테 먹히게 돼 있어. 저쪽은 우연이고, 우린 필연이야. 내가 게임 체인저니까 그럴 수밖에 없어."

다파니 주얼리 숍이 눈에 들어왔다. 홍빈의 심장박동이 더 요동쳤다. 이제 링에 올라 게임을 시작하기 바로 직전이었다. 카운트가 시작된 거다.

다파니 주얼리 숍 안의 곽 사장은 초조한 빛이 역력했다. 벽시계를 자주 쳐다보았다. 곧 연희와 홍빈이 들이닥칠 시간이었다. 계획한 대로 잘해줄지, 그리고 뒷마무리까지 완벽하게 처리해줄지 하는 걱정을 떨쳐낼 수 없었다. 곽 사장은 매장 구석에 있는 20리

터짜리 시너 두 통을 확인하고, 두루마리 화장지 휴지심이 제대로 꽂혀 있는지 재차 확인했다. 라이터를 꺼내 불도 켜보았다. 잠시 뒤 불을 붙이면 휴지심까지 타들어간 화장지가 바닥에 툭 떨어져 걷잡을 수 없이 불길로 번지는 게 눈앞에 선했다.

시간을 최대한 줄이기 위해 주차장으로 나가는 문도 열어놓았다. 이층으로 올라가는 통로의 계단도 확인했다. 이층 세공실은 건물 전체를 날려버릴 폭탄 그 자체였다. 도시가스로 가득 차서 터질 순간만 기다리고 있었다. 이제 문을 열고 연희와 홍빈이 들어와 짜놓은 계획대로 하면 다 끝나는 일이었다. 처남한테 한방에 당한 십삼 억이 어른거렸다. 징크 자재로 모던하고 세련되게 새로 지은 다파니 주얼리 숍이 눈앞에 펼쳐졌다.

곽 사장이 초조한 마음으로 카운트다운을 하고 있을 때, 바로 그 순간이었다.

매장 바로 앞에 오토바이를 세우는 소리가 요란하게 나는가 싶었는데 바로 이어서 출입구를 거칠게 밀치며 여섯 명이나 되는 아이들이 한꺼번에 매장 안으로 들이닥쳤다. 얼핏 보아도 고등학생쯤으로 보이는 앳된 얼굴이었다. 아이들 손에는 쇠망치가 들려 있었다.

곽 사장은 순간적으로 혼란에 빠졌다. 연희와 홍빈이 막판에 심경의 변화가 일어나 아이들한테 대신 용역을 준 게 아닌가 하는 생각이 들었다. 그 생각이 채 끝나기도 전에 아이들은 손에 든 망치로 진열대의 유리를 내려쳤다. 유리가 와장창 깨져 내리자 아이들은 진열대에 있는 반지와 목걸이를 자루에 쓸어 담았다. 이미 여러 번의 경험이 있는 듯 일사불란하게 움직였다. 하지만 반지는 진짜 보석이 아니라 큐빅을 박은 모조품이었고, 목걸이도 도금한 이미테이션이었다.

곽 사장은 완전히 혼이 나가 멍하니 쳐다볼 뿐이었다. 소리를 지르고, 말릴 경황조차 없었다. 무슨 일인지 계산이 되지 않았다. 아이들은 진열대의 반지와 목걸이를 모조리 챙겨 순식간에 매장을 빠져나가 도로에 세워둔 오토바이를 타고 바람처럼 사라졌다.

아이들이 매장에 들어와 깡그리 털어간 시간은 일 분도 채 걸리지 않았다. 그야말로 눈 깜짝할 새 벌어진 일이었다. 아이들은 건대 입구와 화양리에서 떼를 지어 몰려다니는 소위 일진파였다.

곽 사장은 자리에 그대로 주저앉고 말았다. 무엇을 어떻게 해야 좋을지 몰랐다. 이층 세공실의 도시가스 밸브부터 잠가야 한다는 생각이 퍼뜩 들었다. 그대로 두었다간 까딱하면 그야말로 공중폭발로 자신의 몸까지 산산조각 될 판이었다. 가스가 폭발해 건물이 무너져 나중에 보험혜택을 받는다고 해도 자신이 죽는다면 다 소용없는 일이었다. 까딱하면 자신의 무덤이 될 판이었다.

곽 사장은 허겁지겁 이층 세공실로 뛰어올라갔다. 도시가스의 밸브를 잠갔다. 등골이 오싹했다. 냄새가 심하진 않았지만 코끝이 싸한 느낌이 들었다. 창문을 모조리 열어젖혔다. 빨리 환기가 되도록 후드도 작동시켰다. 한숨이 저절로 나왔다. 불티만 닿지 않으면 터질 일이 없지만 그래도 다리가 후들후들 떨렸다.

이층 세공실에서 휘청거리며 간신히 일층 매장으로 내려와 보니 옆집 가게 종업원이 놀란 표정을 지으며 들어왔다. 매장에서 유리 깨지는 소리가 와장창 들린 뒤 한 무리의 아이들이 뛰쳐나와 요란하게 오토바이를 타고 냅다 사라진 뒤 무슨 일인가 싶어 찾아온 것이다.

지나던 행인들도 몰려들기 시작했다. 누가 신고를 했는지 오 분도 지나지 않았는데 경찰차가 사이렌 소리를 내며 매장 앞 도로에 도착했다. 아이들한테 강도를 당한 것도 한순간이었고, 경찰차가 도착한 것도 엄청 빠른 시간이었다.

마음의 준비를 단단히 하고서 다파니 주얼리 숍에 거의 가까이 접근한 연희와 홍빈은 눈앞에 펼쳐진 장면에 아연실색했다. 매장 앞에 많은 사람들이 몰려들어 웅성거리고 있었다.

연희는 이게 무슨 일인가 싶은 표정이었고, 홍빈은 잔뜩 화난 얼굴이었다. 홍빈은 화가 날 수밖에 없었다. 곽 사장이 자신들을 믿지 못해서 다른 팀한테 넘긴 거라고 생각했다. 자신들을 제외시키고 플랜 B를 실행한 거라고 판단했다. 그것 이외는 달리 생각되는 게 없었다. 자신이 게임 체인저였는데 배신을 당하고 보니 머리 뚜껑이 열리고, 울화가 치밀었다.

홍빈은 매장에 몰려든 사람과 경찰을 보자 더 이상 다가가지 못하고 조금 떨어진 곳에서 멍하니 바라볼 수밖에 없었다. 멋지게 한탕할 기회가 사라졌으니 아쉽고 허탈했다. 발걸음을 돌리지 못하고 계속 다파니 주얼리 숍만 쳐다볼 뿐 다른 방법이 없었다.

연희가 홍빈의 손을 잡아끌었다. 집으로 그만 가자는 뜻이었다. 연희도 잠깐 동안 즐거운 상상으로 생기를 되찾았었는데, 그게 다 일장춘몽에 그치고 말았다.

홍빈은 곽 사장한테 배신당한 게 너무 분해서 당장 달려가 경찰한테 이거 다 자작극이고, 생쇼하는 거라고 폭로하고 싶었지만 감정대로만 행동할 수 없었다. 사회적 공익을 위한 내부자 고발도 아니니 나서기도 좀 그랬다. 훗날 곽 사장의 목덜미를 잡아 뭔가 뜯어낼 기회가 올 거라는 생각도 스쳐갔다. 결코 가만두지 않겠다고 이를 악물었다. 그래도 배신감으로 인한 화가 풀리지 않아 입에서 욕설이 터져 나왔다.

"저 새끼가 우릴 가지고 논 거야."

"나쁜 놈이네. 다 줄 거처럼 하더니."

"세상엔 나쁜 놈도 있고, 더 나쁜 놈도 있는데 저 새낀 진짜 최악으로 나쁜 놈이야. 저런 나쁜 새끼한테 배신당했다는 게 슬퍼. 억울하고."

"세상에 슬프고 억울한 일 많아. 그러니까 자기 너무 속상해 하지 마."

"이번에 또 한 가지 배웠네."

"뭘?"

"살아가는 덴 계획을 짜고 노력하는 게 필요하지만, 그게 반드시 보상해주지 않는다는 거."

"그래도 우리 같이 준비하고 움직이는 거 좋았잖아. 스릴도 있었고."

"아, 씨발. 이렇게 배신당하고 살아야 하다니. 누가 날 죽여 버렸으면 좋겠다."

"자기가 왜 죽어. 미쳤어?"

"분하니까 그렇지."

홍빈은 다파니 주얼리 숍을 향해 엿을 먹이는 팔뚝질을 해댔다.

"그래 새꺄! 잘 처먹고 잘 살아라. 아니 잘 뒈져라."

연희는 팔을 뻗어 홍빈의 허리를 감쌌다.

"씨발, 요새 왜 이러냐. 재수 더럽게 없네. 영감탱이는 건물을 엉뚱한 데다 갖다 바치질 않나, 저런 새끼한테 당하질 않나. 미치고 환장하겠다."

"그러니까 주차장 땅은 잘 지켜야지."

"아, 몰라."

"자기야, 그래도 우리 샌프란시스코에 가는 거지?"

홍빈이 연희의 팔을 휙 내쳤다.

"야, 넌 상황 파악이 그렇게 안 되니? 이 대목에서 그게 말이 되냐고? 저 새끼한테 당했는데 놀러 갈 기분이 드냐? 넌 그게 한계야. 어휴, 젖퉁만 커 가지고 생각이라곤 좆도 없어."

홍빈은 손을 들어 택시를 세웠다. 먼저 택시에 오른 홍빈은 연희가 타려고 하자 문을 탁! 닫아버렸다. 연희를 도로에 내버려 둔 채 혼자 타고 가버렸다.

연희는 이미 홍빈한테 당한 수모가 한두 번이 아니었지만, 이번에는 충격이 컸다. 길거리에 팽개치고 혼자 훌쩍 가버린 홍빈의 행동은 연희를 완전히 무시한 거였다. 연희는 비틀거리며 사라진 택시를 멍하니 쳐다보았다. 한참 동안 그 자리에 꼼짝하지 않고 서 있었다.

담배 한 대 절실하게 피고 싶었다. 주머니에 담배는 없었다. 연희는 지나는 젊은 청년한테 손을 내밀었다. 청년은 이상한 눈빛을 띠면서도 담배 인심에 인색하지 않았다.

연희는 담배를 입에 물고 천천히 걸음을 걸기 시작했다. 온갖 생각들이 먹구름처럼 몰려들었다. 강물을 보고 싶었고, 바람도 쐬고 싶었다. 집으로 들어가고 싶은 마음이 싹 달아났다. 자신도 모르게 한강 쪽으로 발길을 향했다.

강변에 서서 두 팔을 벌리고 불어오는 바람을 온몸으로 받았다. 금방 만들어진 바람이라서 그런지 얼굴에 부딪치는 느낌이 바삭했다. 강물을 보자 뛰어들고 싶었지만 다리가 바닥에 딱 붙어 움직이질 않았다. 자신도 모르게 살아온 날들이 머릿속에서 한꺼번에 떠올랐다.

남자를 지렛대 삼아서 뭔가 들어 올리려고 살아온 날들의 연속이었다. 잘못된 만남에 대한 보상심리로 만난 남자는 더 최악이었고, 그 잘못은 자신의 선택에서 비롯된 게 아니라 선택지 자체가 문제였다고 책임을 그렇게 떠넘겨버리는 걸 반복했다.

사치와 허세에 대한 자책보다 남 탓하기 일쑤였다. 궤도에서 어긋난 삶을 올바로 잡을 수 있는 지혜가 있으면 좋으련만 지혜란 게 하루아침에 생기는 게 아니었다. 더구나 지혜가 부족한 사람은 지혜가 뭔지도 잘 모르는 법이다. 그래서 어떤 상황이든 자기 방식대로 대응하지만 잘 속아 넘어가기도 한다. 때로는 쓰레기 같은 인간을 구세주처럼 여기기도 한다. 그렇게 여기까지 온 거였다.

상황이든 사람이든 자신의 바람대로 되지 않으면 결국 방법은 하나밖에 없다. 변해야 하는 거다. 변하는 것만이 최악에서 벗어나는 길이다. 하지만 변하는 것도 결코 쉬운 게 아니다. 변했다고 하더라도 실상은 변한 게 아니라 타협한 것이기 십상이다. 극복해야 한다고 하면서 적당히 적응하면서 사는 사람들이 얼마나 많은가.

사람은 어른이 되어서도 기다리는 버릇을 버리지 못한다. 누군가가 찾아오고, 무엇인가 하늘에서 뚝 떨어지고, 기적에 가까운 로또 일등 당첨자가 매주 나오는 게 현실이고 보면, 자신이 일등 당첨자가 되지 않을 이유가 없다는 확신을 가지고 토요일을 기다리기도 한다.

아무리 기다려도 찾아오지 않는다는 걸 알면서도 할 수 있는 일이 그것뿐이다. 기다리는 게 없는 것보단 낫다고 하지만 따지고 보면 이미 기다리는 습관에 중독돼 있는 거다. 습관은 효율성으로 일상을 통제한다. 그렇기 때문에 쉽게 바꿀 수 없다. 한번 길들여진 습관은 그 지속성이 너무 강해서 떨쳐낼 수 없다. 그렇게 살아갈 수밖에 없는 거다.

연희가 다이아몬드에 빠져 있는 건 일종의 습관이었다. 일찍이 길들여진 거다. 사는 게 너무 외로워 다이아몬드로부터 즐거움을 찾고, 위로를 얻으려고 한 건지도 모른다. 하지만 그건 외로운 게 아니라 아픈 거다. 다이아몬드를 갖는다고 해서 아픈 게 낫는 것도 아니다. 결코.

연희는 가로등 불빛에 어른거리는 강물을 바라보며 한숨을 내쉬었다. 아니 한숨인가 싶었는데 한숨이 아니라 흐느껴 우는 소리였다. 단 한 번도 스스로 이루려고 열정을 가지고 살아온 날들이 아니었기에 살아 있어도 어디에도 없는 존재나 마찬가지였다. 집 안의 장식장이나 테이블 같은 사물이었다가 고작해야 다른 사람의 뒤쪽에 시시하게 서 있는 배경에 지나지 않았다. 그게 연희가 살아온 날들이었다.

연희의 우는 소리가 점점 커졌다. 지나는 사람들이 힐끗힐끗 쳐다보았지만 신경 쓰지 않았다. 안에서 터져 나오는 흐느낌이 얼마나 요동쳤는지 어깨까지 움찔거렸다. 자기연민에서 터져 나온 거였지만, 어쩌면 그것조차 심리적인 액세서리에 지나지 않은 건지도 모를 일이었다. 인생을 진지하게 살지 않은 자들은 슬픔이 뭔지 제대로 알지 못한다. 흐느낀다고 해도 그건 슬픔이라기보다 단세포적인 반응인 분노나 짜증일 뿐이다.

지구대에서도 경찰이 출동했고, 관내 경찰서에서도 세 명의 형사가 현장에 급파돼 상황을 살펴보았다. 청소년들이 떼를 지어 다니면서 핸드폰 매장이나 보석가게를 터는 전형적인 수법이었다.

이렇게 원시적이고, 도발적인 수법에 당한 가게가 이미 한 두 곳이 아니었다. 툭하면 뉴스에 보도되는 게 일상이었다. 현장을 보자마자 형사들한텐 어떻게 수사를 해야 할지 계산이 딱 나왔다. 일진파 아이들을 추적하면 시간이 좀 걸릴 뿐 잡는 건 어렵지 않았다. 녹화가 안 됐다는 걸 모르는 형사들은 매장 안에 있는 CCTV와 곳곳에 설치돼 있는 CCTV로 추적하면 꼬리를 잡을 수 있을 거라고 생각했다.

형사들은 수많은 경험으로 장물은 어떻게 처리할 건지 훤히 알고 있었기에 체포하는 건 시간문제였다. 인명사고가 나지 않은 것만으로도 천만다행이라고 생각했다.

구경꾼들이 하나둘 사라지고 관내 경찰서에서 나온 형사들이 현장을 살펴보면서 사진도 찍고, 사건 뒤처리를 하고 있는 중이었다.

곽 사장은 혼이 나간 채 소파에 털썩 주저앉아 한숨만 토해냈다. 형사가 묻는 말에 건성으로 답했고, 무엇을 묻는지 귀에 잘 들어오지도 않았다. 불행 중 다행인건 연희와 홍빈이 일진파와 타이밍이 아슬아슬하게 빗나갔다는 거였다.

만약 매장 안에서 두 팀이 동시에 마주쳤다면 어떤 일이 일어났을지 생각만 해도 아찔했다. 거기다 매장 바닥에 시너를 뿌려 놓지 않은 것도 얼마나 다행인지 몰랐다. 시너를 뿌려 놓았더라면 형사들한테 그걸 해명하는 게 궁색했을 거고, 그러면 아이들이 훔쳐간 것도 자작극이란 혐의를 받기 쉬웠다.

시간이 이쯤 됐으면 강진과 중간, 하득도 다파니 주얼리 숍에

도착하고도 남을 시간이었다. 그런데 감감했다. 이촌공원 주차장을 출발한 지 얼마 되지 않아 일진파 아이들이 다파니 주얼리 숍을 털었으니까, 그 정도면 도착하고도 남을 시간이었다. 한 시간 반이나 됐는데도 세 친구는 코빼기도 보이지 않았다. 그렇다고 일진파가 매장을 턴 사실을 눈치 챈 것도 아니었다.

늦게 온 이유가 다 있었다.

막 오토바이를 타고 출발하자마자 강진의 속이 부글부글 끓었다. 아까부터 속이 안 좋았는데 급똥이 마려웠다. 설사였다. 한탕 터는 거도 중요하지만 터져 나오는 놈부터 처리해야만 했다. 똥이 줄줄 새는 채로 털 수는 없었다. 강진은 오만상을 찡그리고 카페 앞에 오토바이를 멈췄다. 강진의 비비꼬는 걸음걸이와 얼굴 표정을 보고 중간과 하득은 금방 알아챘다. 도로에 급히 오토바이를 세워놓고 카페 안으로 들어갈 수밖에 없었다. 강진은 화장실로 직행했다.

하득은 들어온 김에 따뜻한 카페오레를 한 잔 마셨으면 좋겠다고 말했다.

"초조한 걸 진정시키는 덴 달콤한 게 최고인 겨."

중간도 이의를 달지 않았다. 흔쾌히 동의했다. 어차피 잠시 뒤에는 결판이 날 것이었다. 시간이 조금 지체된다고 문제될 게 없었다. 꽤 오랜 시간이 지난 뒤, 강진은 해쓱한 얼굴로 화장실에서 나왔다. 속이 안 좋은 게 확실했다. 강진은 속을 다스린다며 따뜻한 유자차를 시켰다.

그렇게 세 친구는 이미 다파니 주얼리 숍이 털린 걸 모른 채 차를 마시며 초조하고 불안한 마음을 떨쳐냈다. 따뜻한 차로 속을 진정시킨 뒤라 오토바이에 시동을 걸 때, 자신감은 더 배가되었다. 특히 강진은 속이 편해지자 거칠 게 없었다. 이미 정해놓은 계획대로 하면 끝나는 일이었다.

다파니 주얼리 숍까지는 시간이 얼마 걸리지 않았다. 세 친구는 이미 지난 번 디데이 때 경찰차 때문에 실패를 했던 적이 있던 터라 경찰 순찰차가 있는지부터 살폈다. 없었다. 일진파가 한탕 털고 가자마자 바로 지구대 순찰자가 현장에 출동했지만, 관내 경찰서의 형사들이 오면서 바로 철수했기에 보이지 않는 건 당연했다.

매장에 불이 켜져 있었지만 블라인드는 내려져 있어 내부가 보이지는 않았다. 사위는 조용했다. 지나는 행인도 없었다. 매장을 터는 조건으로는 모든 게 완벽해보였다.

강진은 오토바이를 세우고 매장을 향해 저돌적으로 뛰어 들어갔다. 거의 동시에 하득과 중간도 매장 안으로 돌격했다. 세 친구는 비니 모자를 눌러 쓴 채 눈알만 내놓고 매장으로 뛰어들어 망치를 휘둘러 진열대를 부수려고 했지만 진열대 유리는 이미 다 깨져 있었고, 바닥에 깨진 유리조각들이 널브러져 있었다. 진열대 안에는 남아 있는 보석이 하나도 없었다.

세 친구는 당황했다. 이게 도대체 무슨 일인가 싶어 서로 얼굴만 멀뚱하게 쳐다볼 때 이층 세공실에서 내려온 형사들과 눈이 딱 마주쳤다. 세 친구는 도망칠 생각도 하지 못한 채 그 자리에 딱 얼어붙고 말았다. 도망칠 타이밍도 이미 놓쳐버린 뒤였다.

그런데 정작 세 친구와 맞닥뜨린 뒤 어이없는 눈빛을 띤 건 형사들도 마찬가지였다. 형사들은 이게 도대체 무슨 시추에이션이지 하는 표정이었다. 옆에 있던 곽 사장도 그런 표정이긴 마찬가지였다. 시커먼 비니 모자를 뒤집어쓴 채 눈알을 굴리며 손에는 망치와 자루를 들고 있으니 매장을 털려고 들어온 게 확실했다. 매장은 이미 털렸고, 현장 감식을 하는 중이었으니 형사들이 황당해 한 건 당연했다.

강진과 중간은 형사를 보자마자 부들부들 떨었다. 중간은 자리에 털썩 주저앉았다. 하득은 멀뚱멀뚱 형사만 쳐다보았다. 형사가 어이없다는 듯 말했다.

"환장하겠네. 요즘 강도 새끼들은 시간차로 터는 게 유행인가. 방금 털렸는데, 또 터는 건 뭐야!"

"혹시 이거 유투버 쇼하는 거 아냐? 몰래 카메라."

반장인 듯한 형사가 강진이 들고 있던 쇼핑백 안에서 칼과 테이프, 그리고 전기충격기를 꺼내 놓았다.

"얘네, 털러 온 게 맞네."

"야, 새끼들아. 털려면 똑바로 알고 털어. 여기 좀 전에 일진파가 다 털어갔어."

"털려고 온 게 아니라 청소하러 온 거 아녀?"

"멍청한 새끼들, 지랄 생쇼를 해요."

형사들은 이렇게 어리숙한 강도는 처음 본다는 듯이 낄낄거리며 웃었다. 세 친구는 그제서야 상황 파악이 됐다. 누군가 자신들보다 한발 먼저 들어와 모조리 털어갔다는 걸 깨달았다. 우연도 이런 우연이 없었다. 형사가 세 친구의 비니 모자를 벗겼다. 셋이 똑같이 얼굴에 핏기 하나 없이 사색이 돼 있었다.

"박 형사, 얘네들 연행해서 다른 범죄도 있을지 모르니까 조사해봐. 미란다 원칙 고지하고."

하득은 형사들한테 느릿느릿 말했다. 우황청심환 덕분인지 떨리는 목소리가 아니었다.

"우린 강도가 아녀유."

형사가 하득을 들여다보며 말했다.

"강도가 아니면?"

"우리가 해야 할 일을 한 거 뿐이유. 미션 같은 거여유."

"어이구 그러셔? 나도 내가 해야 할 일로 너희를 감빵에 처 넣어 드리겠습니다. 이 씨방새야."

형사는 셋을 은근히 놀려댔다. 전문털이범도 아니고, 어딘지 조금 모자라다고 생각했는지 조롱하는 게 분명했다. 형사가 하득의 머리를 툭툭 치며 주민등록증을 내놓으라고 하자 마치 준비하고 있었다는 듯 세 친구는 동시에 꺼내 주었다. 형사는 그 자리에서 바로 신원조회를 했다. 전과가 있을 리 만무였고, 경범죄조차 없었다. 기소중지자는 더더욱 아니었다.

나이가 들어 보이는 반장이 말했다.

"야, 이 찌그레기들 경찰서로 연행해. 그리고 폴리스라인 테이프도 치고."

"왠지 멍청한 놈들이 더 올 거 같은데요."

형사들은 세 친구가 재미있다는 듯 계속 키득거렸다.

곽 사장은 여전히 충격에서 빠져나오지 못하고 한숨만 내쉬었다. 모든 게 와르르 무너져 내렸다. 희망은 공중분해 되었고, 심장은 얼음처럼 얼어붙었다.

세 친구도 그랬지만 곽 사장에게도 최악의 밤이었다. 아득히 추락하는 느낌이었다. 최악으로 가정했던 게 진짜 현실로 나타났으니 온전하게 정신을 차리는 건 쉽지 않았다. 다파니 주얼리 숍이 무너지는 소리가 들렸다. 환청이었지만 끔찍했다.

무모하게 꿈꿨던 찰나의 욕망 때문에 삼십 년 동안 쌓아온 모든 게 다 날아가 버렸다. 성공하리라 확신했던 착각이 가져다준 쾌감은 산산조각이 났고, 암담한 현실이 먹구름처럼 몰려들었다. 실패의 대가는 두 배로 더 늘어난 고통이었다. 나오는 건 한숨뿐이었다.

더구나 저 바보 같은 세 녀석들은 또 뭔가. 그제서야 곽 사장의 눈에 세 친구가 들어왔다. 홍빈과 연희보다 한발 먼저 벌떼처럼 몰려와서 털어간 놈들도 그렇지만, 형사들이 가게 안에 있는 줄도 모르고 천연덕스럽게 뛰어 들어온 세 친구도 이해되지 않았다.

곽 사장은 세 친구가 한심하다는 듯 혀끝을 찼다. 세상에 바보들이 이렇게 넘쳐나다니. 그때 강진과 눈빛이 정면으로 마주쳤다. 곽 사장은 자신도 모르게 흠칫했다.

아, 십 년 전의 한강 이촌공원 화장실.

동시에 회색 가방 안에 들어있던 사백칠십팔만 원이 생생하게 떠올랐다. 그 일은 잊을 수 없었다. 청소년 선도위원으로 봉사활동을 하던 중 화장실에서 똥을 누다가 운이 좋게 멍청한 녀석들을 만나 눈먼 돈을 거저 주었는데 어찌 잊을 수 있겠는가.

더구나 그때 그 돈을 공모주에 몰빵해서 몇 배의 수익을 내지 않았던가. 그 일 이후 혹시 세 녀석을 길에서라도 만나지 않을까 싶어 은근히 걱정이 되면서도 다른 한편으로는 고맙기도 했다. 세 친구를 다시 슬쩍 훑어보았다. 분명히 그 녀석들이 맞았다. 곽 사장은 별의별 생각이 다 들었다.

그런데 저 세 녀석이 여기에 왜 나타난 거야? 십 년 동안 나를 찾아 복수하려고 온 건가? 하긴 그럴 수도 있지. 숍을 털겠다고 들어온 게 확실한데 이미 털린 걸 몰랐나? 형사들이 있다는 걸 모른 거야? 바보들은 어쩔 수가 없어. 십 년 전이나 지금이나 눈치 없고, 둔한 건 변하질 않는구먼. 이놈들아, 둔한 건 병이다 병. 그러니까 돈도 뺏기고, 이미 숍이 털린 줄도 모르고 불구덩이로 뛰어든 거지.

그때 강진이 자리에서 벌떡 일어나 소리쳤다.

"우리한테 뺏은 걸 찾으러 온 게 강도입니까!"

중간도 작은 소리로 말했다.

"맞아요."

반장과 형사들은 어이가 없다는 듯 세 친구의 머리를 후려갈겼다. 지능이 조금 떨어지는 순진한 녀석들 정도라고 생각했는데, 그게 아니라 완전히 정신이 나간 놈들이라고 여겼다. 어이가 없는지 반장도 한마디했다.

"얘네들, 소변검사 해봐. 혹시 히로뽕 맞았는지 모르니까."

셋이 강도가 아니라는 말에 황당한 건 오히려 형사들이었다. 얼굴을 가린 채 망치를 들고 가게로 쳐 들어왔으면서도 그게 강도가 아니라고 말하는 게 우습기도 하고, 어이없었다.

강진은 십 년 전의 화장실 사건을 말할까 싶었지만 이내 그만두었다. 그 사건을 이야기해봤자 소용없을 게 뻔했다. 곽 사장이 아니라고 말하면 그걸 뒤엎을 어떤 증거도 없었기에 자신들만 더 실없게 보일 것이었다.

십 년 전의 이촌공원 화장실에서 빼앗긴 돈을 되찾으려는 세 친구의 성전은 초라하게 종지부를 찍었다. 아니 태국의 따완 의사한테 가서 정상적인 젖꼭지를 달고 새로운 인생을 시작하려던 계획은 허망하게 물거품이 되고 말았다.

세 친구는 바로 관내 경찰서로 연행되었다. 보석을 한 개도 털지 못했으니 볼 것도 없이 강도 미수범이었다. 그것도 형사들한테 듬뿍 웃음을 선사한. 세 친구를 맞이한 강력계 형사들은 이렇게 띨띨하고 멍청한 놈들은 형사노릇하면서 처음 봤다며 놀려댔다. 바보가 영화나 만화에만 있는 게 아니고, 이렇게 흔하게 널려 있는 건지 몰랐다면서 세 친구의 머리를 후려갈기기도 했다.

하득은 경찰한테 하고 싶은 말이 목구멍까지 치밀어 올랐지만 차마 입 밖에 내지 못했다.

'바보는 죄가 아닌 겨. 바보라도 얼마든지 행복을 꿈꿀 수 있는 겨.'

해외토픽감이라고 혀끝을 차며, 놀려대는 형사들한테 한마디하고 싶었지만 그냥 꾹 삼켜버리고 말았다.

문제는 그다음에 일어났다. 조서를 꾸밀 때 세 친구의 범죄 이유가 말이 되지 않았다. 형사들은 세 친구가 젖꼭지 때문에 범행을 했다는 게 이해되지 않았다. 그럴 수밖에 없었다. 찌그러진 반쪽과 한쪽밖에 없는 젖꼭지, 아예 양쪽 다 없는 젖꼭지 이야기는 난생처음 들어보는 거였다.

형사들은 젖꼭지 수술 비용을 마련하기 강도 준비를 했다는 말에 세 친구를 완전히 또라이처럼 취급했다. 한 형사가 당장 웃통을 까보라고 소리를 질렀다.

"당장 웃통 깐다. 실시!"

세 친구는 주춤거리며 웃옷을 올렸다. 양쪽에 반쪽씩만 있는 젖꼭지, 한쪽만 있는 젖꼭지. 아예 양쪽이 다 없는 젖꼭지는 헛말이 아니었다. 사실이었다. 세 친구의 기이한 젖꼭지를 보고 난 형사들은 어이없어 하면서도 합창하듯이 낄낄거렸다. 세상에 태어나서 처음 보는 젖꼭지였다. 더구나 젖꼭지 수술비를 마련하려고 강도 계획했다는 건 전대미문의 일이었다.

형사로부터 세 친구의 젖꼭지 이야기를 전해들은 기자가 기사를 작성해 송고했다. 그야말로 특종 보도가 되는 순간이었다. '세 친구의 슬픈 젖꼭지'가 헤드라인이었다. 찌그러진 반쪽과 한쪽만 있는 젖꼭지, 그리고 양쪽 다 없는 젖꼭지가 세상에 대한 불만으로 폭발했다고 극적인 요소를 가미해서 기사를 썼다.

뉴스가 나가자마자 몇몇 미디어에서 베껴쓰기 기사를 내보냈고, 그게 더 큰 반향을 일으켰다. 세상이 거의 뒤집어진 것처럼 난리가 났다. 공중파, 종편, 유튜버 할 것 없이 관내 경찰서로 벌떼처럼 몰려들었다. 젖꼭지 사진이 보도되기까지 했다. 처음 보는 젖꼭지였기에 사람들의 구미를 끄는 건 당연했다.

아니, 세상에 젖꼭지가 반쪽씩밖에 없다니?

한쪽만 있는 게 더 이상하죠. 여자의 유방이 한쪽밖에 없다면 어떻겠어요?

양쪽 젖꼭지가 아예 없는 건 어떻게 봐야하지?

세 친구의 젖꼭지를 취재하기 위해서 지방의 미디어 매체까지 출동했다. 경찰서에는 몰려드는 미디어 매체를 전부 모아놓고 브리핑을 했고, 기자실까지 마련해주었다. 경찰서를 알리고 광고하는 덴 이만한 기회도 없었다. 세 친구는 하루아침에 세상의 이목을 끄는 뉴스메이커가 되었다.

참 이상하고, 이해되지 않는 일이었다. 하긴 그런 일이 일어나는 게 세상이었다.

10

끝, 아니 시작

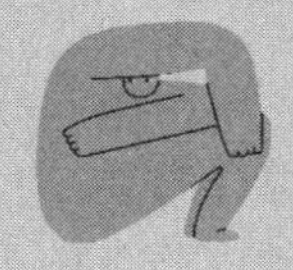

"감방 가는 거 때문에?"

"그게 아녀."

"그럼?"

"감방 가게 되도 감방은 갔다 오면 그만인 겨. 끝이 정해져 있는 겨."

"그게 아니면 뭐 때문이냐고?"

"알 수가 없어 그런 겨. 보이지도 않고."

"뭐가!"

"우리 앞날이."

*

뉴스에 보도된 젖꼭지 사진을 보고 경찰서로 제일 먼저 찾아와 집단성명을 발표한 건 시민환경 운동단체였다.

환경단체에서는 페놀, 아황산가스, 세슘, 납, 아연 같은 오염물질로 인해 세 젊은이의 젖꼭지가 기이하게 변했다는 거였다. 귀가 없는 토끼, 등이 굽은 물고기, 한쪽 눈만 있는 염소, 꼬리 없는 송아지처럼 환경오염과 생태계 교란으로 인한 재앙이라고 했다. 이제 그런 기이한 형태가 사람한테까지 나타났다는 거였다. 세 친구의 젖꼭지가 명료한 증거라고 했다.

앞으로 무더기로 더 나타날 것이고, 생태계 위기는 이제 발등에 떨어진 불이라고 했다. 심한 경우 태어날 때부터 손가락이 다 붙어있거나 양다리도 하나로 붙어서 태어날 가능성이 있다고 목소리를 높였다.

관계부처는 세 젊은이의 기괴한 젖꼭지 출현을 지구환경에 대한 각성의 계기로 삼아 환경을 보호하는데 더 많은 예산을 들여야 한다고 강조했다. 기업의 환경관리 비용부담을 늘리고, 그린 에너지 확충에 더욱 분발해야지만 기이하고 비극적인 젖꼭지 사태를 막을 수 있다고 메가폰을 들고 연일 주장했다.

환경단체에서 연일 그런 주장을 펼치자 몇몇 미디어 매체에서는 환경문제를 집중적으로 다루기 시작했다. 세 친구의 기괴한 젖꼭지가 환경오염으로 나타난 것이라는 환경단체의 주장이 뉴스에 그대로 보도되자 사람들은 불안한 표정을 지으며 술렁거렸다. 그대로 다 믿을 수도 없고, 그렇다고 믿지 않을 수도 없었다. 세 친구의 기이한 젖꼭지는 분명한 팩트였기에 말이 많은 건 당연했다.

종교단체에서도 가만있지 않았다. 합동기도회를 열어 세 청년의 기이한 젖꼭지에 대해 자성하고, 고해하는 일이 벌어졌다. 기이한 젖꼭지는 신이 내린 심판의 징후라는 거였다. 성적인 문란과 동성애의 만연, 거기다 신의 영역까지 침범한 트랜스젠더에 대한 경고라고 했다.

이 경고를 무시하면 다음에는 더 무서운 불벼락의 순서가 기다리고 있다고 피를 토하듯 목소리를 높였다. 신앙심이 넘치는 열혈

신자들은 경찰서 정문 앞에서 나무십자가를 들고 집회를 열었다. 피를 토하듯 통성 기도도 했다. 예수 믿으면 천국, 불신하면 괴물 젖꼭지란 구호를 연신 외쳐댔다.

어떤 신흥교회 목사는 십자가를 짊어진 채 단식기도를 시작했다. 수백 명의 성도들도 이에 동참했다. 목사는 신도들에게 소돔과 고모라는 유황불로 심판을 받아 멸망했지만 지금은 선택된 자의 신체에 직접 형벌을 가해 죽음에 이르게 할 거라고 피를 토하듯 설교했다.

젖꼭지가 기이하게 변하고, 코로나19의 바이러스로 고통을 겪는 건 바로 하나님께서 신체에 직접 형벌을 가하는 증거라고 소리를 높여 외쳤다. 이를 피할 수 있는 유일한 길은 오직 기도와 회개뿐이라고 말했다. 건강도 재산도 다 먼지 같은 것이니 십자가 재단에 바치라는 말도 빠뜨리지 않았다.

그런 와중에 자신의 학문적 이론과 업적을 내세워 기자회견을 하는 전문가도 나타났다. 생체학과 유전자공학을 연구하고 있는 K교수였다. 그는 뉴스보도가 되자마자 경찰서를 찾아와 세 친구를 직접 면회하고 젖꼭지 확인까지 마친 상태였다.

세 친구의 젖꼭지를 처음 봤을 때 헉! 하고 놀라 한참 동안 입을 다물지 못했다. 전문가의 관점에서 느끼는 경이로움이었다. K

교수는 곧바로 환경운동 단체가 언급한 자연의 재앙이라는 주장은 과학적 근거 없는 헛소리에 지나지 않는다고 일침을 놓았다.

사람들의 젖꼭지가 기이하게 변하고, 코로나19의 바이러스로 고통을 겪는 건 바로 하나님께서 신체에 직접 형벌을 가하는 증거라고 목소리를 높인 신흥교회 목사의 설교에 대해서도 코끼리 방귀 뀌는 소리라고 일축했다. 그는 냉소적으로 과학에 대한 무지야말로 인류를 패망의 구덩이로 몰아넣는 지름길이라고 말했다.

K박사는 미국에서 인체생리학과 유전자를 오랫동안 연구하다가 최근에 국내 대학으로 초빙돼 연구와 강의를 하고 있었다. 연구 논문도 많았고, 그만큼 권위도 인정받고 있었다.

K교수는 수십 명의 기자들 앞에서 세 친구한테 나타난 신체적 징후인 젖꼭지의 원인을 알기 쉽게 설명했다. 시민들은 그의 말을 듣자 자연의 재앙과 신의 저주라는 불안과 공포로부터 조금은 벗어날 수 있었다. K교수는 근거 없는 낭설로 패닉에 빠지는 걸 막는 거야말로 전문가의 윤리적 소명이라는 말도 빠뜨리지 않았다.

"여러분들이 학교 다닐 때 생물 시간에 염색체라는 걸 배웠을 겁니다. 사람한테는 46개의 염색체가 있는데, 이 가운데 44개는 남자와 여자 모두 공통으로 가지고 있는 성염색체이고, 바로 나머지 두 개가 남자와 여자의 성을 결정합니다. 성염색체에는 X와 Y

가 있는데, 남자는 XY, 여자는 XX입니다. 현미경으로 들여다보면 Y 염색체가 X 염색체보다 작은데 여기서 문제가 생기고 다양한 주장과 이론이 생겨납니다."

K교수에 의하면 X 염색체보다 크기가 작은 Y 염색체가 점점 작아져 종국에는 없어질 가능성이 있다는 거였다. 또한 무엇보다 다른 염색체는 두 개의 복사본을 가졌지만, Y 염색체는 하나밖에 없는 근본적 결함이 있다는 거였다. 하나뿐이라는 게 어떤 의미인가 하면 유전자의 돌연변이를 없애주는 셔플(shuffle)이 되지 않는다는 것이었다.

셔플이 되지 않으면 섹스(sex)의 위기가 온다고 했다. 섹스란 유전자를 섞는 건데 Y 염색체가 퇴화되다가 소멸하면 결국은 유성생식이 아니라 무성생식을 하게 된다는 것이다. 물론 그렇게 되기까지는 수백만 년, 아니 수천만 년, 그 이상도 걸릴지 모르지만 과학적으로 근거 없는 게 결코 아니라고 말했다.

남자의 젖꼭지가 하나밖에 없고, 아예 양쪽 다 없는 건 사백만 년쯤 뒤에 나타날 징후의 선행 샘플로 볼 수 있는 거라며 부연설명을 했다.

Y 염색체 소멸은 젖꼭지가 없는 남자의 출현으로 이어질 가능성이 있고, X 염색체에 비해서 Y 염색체가 점점 작아지다보면 나

중에는 남자와 여자의 성 자체가 무의미하다는 거였다. 그러니까 세 친구의 젖꼭지는 그 말단의 징후로 볼 여지가 있고, 어쩌면 새로운 종이 출현한 세기의 과학적 사건만큼 중요한 순간을 목도하는 거라며 흥분하기도 했다.

K교수는 젖꼭지에 대한 여러 학설을 소개하기도 했다.

"남자한테 젖꼭지가 있는 걸 염색체 결합으로 보는 학자들도 있습니다. 배란과 수정, 그리고 착상 과정을 통해 임신이 되면 처음에는 모두 여자로 수태가 되지만 4~5주 지나면서 남자가 됩니다. 그 이후 계속 남성호르몬이 공급되면 남자가 되는 거죠. 이건 과학적 팩트입니다. 근데 남자의 경우 젖꼭지를 지웠어야 하는데, 애초에 만든 젖꼭지를 미처 지우지 못했을 가능성이 있는 거죠. 유전자의 오류라고 볼 수밖에 없습니다. 지웠어야 하는 건데 지워야 할 특별한 이유가 없고, 그렇다고 남겨둔다고 해도 문제될 게 없으니까 그냥 놔둬버린 유전자의 방임일 수도 있는 거죠."

진화론적인 관점에서 남자의 젖꼭지를 설명하기도 했다.

"유기물에서 생명으로 탄생되는 과정에서 보면 최초의 인간은 암수가 하나인 생물체였습니다. 오랜 시간이 지나면서 남자와 여자의 성이 분화되고, 그에 따라 남자한테 있던 수유와 생리기능이 소멸됐죠. 수유 기능은 소멸됐는데 어떤 이유에서인지 젖꼭지는 완전 퇴화하지 않은 채 남자의 가슴에 아직도 남아 있는 겁니다. 이건 동물한테도 과도기처럼 나타나는데 같은 종이라도 어떤 건 완전히 없어지고, 어떤 건 없어지는 중인 게 있습니다. 수소 같은 경우도 젖꼭지 흔적만 있어요. 그러니까 젖꼭지가 없는 남자의 출현은 인류 진화의 흔적이면서 지금도 진행되는 진화 과정이라는 걸 알 수 있죠. 수백만 아니 수억만 년 뒤 남자의 젖꼭지가 사라지는 건 자연스런 일입니다."

결론적으로 세 친구의 기이한 젖꼭지는 신의 저주도 아니고, 환경오염으로 인한 변종도 아니라는 것이었다. 인류의 진화과정에서 나타나는 유전학적인 징후일 뿐이라는 거였다.

그러니까 세 친구는 최초로 완전한 직립보행을 한 호모에렉투스나 현생인류인 호모사피엔스에 속하는 크로마뇽인만큼이나 중요한 가치를 지닌다고 말했다. 인류 진화론적 관점에서 연구대상으로서 소중한 가치가 있기 때문에 정책적 차원에서 보호해야 한다는 것도 거듭 강조했다.

기자 회견장이 술렁거릴 때 한 기자가 물었다.

"그러면 남자 몸이지만 여자인 사람이 있는 걸로 아는데, 남자 같은 여자는 어떤 원인 때문입니까?"

K교수는 간명하게 설명했다.

"그건 안드로겐 내성 증후군입니다. XY 염색체를 가지고 있지만, 체내 남성호르몬 수용체의 이상 때문에 여자처럼 보이는 겁니다. 실제로 외형상 남성의 성기나 고환도 없고, 자궁이 없어 생리를 하지 않습니다. 임신은 당연히 불가능하죠. 그런 사실을 본인조차 인식하지 못하고 살아가는 경우도 있습니다. 그런 사람을 보면 피하지방을 유도하는 여성호르몬 분비가 희박해 키가 크고, 늘씬한 체형인 게 특징입니다. 인도의 육상선수 산티 순다라얀이 안드로겐 내성 증후군으로 아시안 게임에서 딴 은메달을 박탈당했죠. 그런 여자였기 때문입니다."

여기자가 질문했다.

"그러면 저 젊은이들은 굳이 젖꼭지를 수술할 필요가 없다는 건가요?"

"사백만 년을 앞서서 먼저 살고 있는 게 불구가 아니라, 젖꼭지 두 개가 달린 우리가 잠재적 불구인 셈이죠. 저 세 젊은이들은 선행적 샘플입니다. 진화론적 차원에서 보면 저렇게 따라갈 수밖에 없죠. 아마 모르긴 해도 사백만 년 뒤에는 양쪽 젖꼭지를 가지고 있는 사람들이 수술을 받으려고 할 겁니다. 당연히 젖꼭지 없애달라고 하지 않겠어요?"

"미래에는 남자들한테 젖꼭지가 없어진다는 건가요?"

"진화는 자연선택을 거쳐 진행되고, 자연선택은 최적자인 차등적 생존을 의미하니까 당연히 그렇게 될 가능성을 배제할 순 없죠. 저 세 젊은이들의 젖꼭지를 보세요. 이론적인 가설이 아니라 현실에서 나타난 사실입니다. 그걸 무시하는 건 과학적 무지인 거죠."

K교수의 주장을 정리하면 강진의 반쪽 젖꼭지와 중간의 한쪽밖에 없는 젖꼭지, 그리고 하득의 양쪽 다 없는 젖꼭지는 Y 유전자가 진행되는 변이의 과정을 보여주는 징후이면서 젖꼭지 지우는 걸 깜박한 유전자의 오류라는 거였다. 세 사람의 젖꼭지를 좀 더 정밀하게 연구하면 유전자의 진화론적 과정을 밝힐 수 있다는 점을 강조하면서 기자회견을 마쳤다.

수많은 귀납적인 사례를 통해서 하나의 일반화된 이론을 내세우는 게 과학이다. 하지만 과학은 상상력으로도 다가간다. 세 친구의 젖꼭지는 단 하나의 사례지만 분명히 존재하는 거였고, 유전자의 변이나 오류라는 관점도 부정할 수만은 없었다.

세 친구는 연일 뉴스에 나왔지만, 정작 자신들이 뉴스메이커라는 건 생각지도 못했다. 젖꼭지로 인해 콤플렉스에 억눌려 왔고, 여자 친구가 떠나고 취직을 제대로 하지 못한 것도 다 그게 원인이었는데 유전자 전문가는 기이한 젖꼭지가 아니라고 하니 어리둥절할 뿐이었다.

매스 미디어의 영향력은 대단했다. 뉴스로 세상이 떠들썩하자 제일 먼저 강진을 찾아온 건 젖꼭지 때문에 집을 나간 사임이었다. 강진은 가슴이 뛰었지만 사임은 강진을 보자마자 통박했다.

"이 빙신아, 이십 년이 넘은 똥차 칼라가 마음에 안 든다고 새로 도색해봤자 똥차는 여전히 똥차인 거야. 못생긴 얼굴은 키가 크나 작으나 못생긴 거라고. 그래도 이해가 안 되면 정확히 말해 줄게. 나, 젖꼭지 때문에 집을 나간 게 아냐. 집 나가기 위해서 젖꼭지를 이유로 댄 거야. 젖꼭지를 핑계로 댄 거라고. 젖꼭지가 뭐라고 그거 때문에 집을 나갔겠니. 태국에 가서 젖꼭지를 고친다고 해도 나 옥탑방으로 돌아갈 일 없어. 안 가. 그러니까 나랑 함께 지냈던 과거 한구석에 처박혀 있지 말고 빨리 빠져나와."

사임의 말을 들은 강진은 벼락 맞은 것 같았다. 정신이 어지럽고, 아득히 추락하는 느낌이었다. 사임은 자신에 대해 미련을 끊으라는 듯 최후의 일격을 가했다.

"가난을 느끼는 건 쉽지만 그걸 몸으로 부딪치면서 살아가는 건 정말 고달파. 괴롭고 힘들어. 돈이 없으면 루저가 되는 거야. 그거 아직 몰랐어? 젖꼭지 같은 쓸데없는 거로 왜 자신을 괴롭히는지 알 수가 없네. 젖꼭지를 바꿔보려는 네 선택이 실패한 게 아니라, 넌 애초부터 실패한 인생으로 태어난 거야. 나한텐 그렇게 보여. 그러니까 돈 많이 벌어. 그게 루저에서 벗어나는 거야. 돈 많이 벌면 젓꼭지 같은 거 없어도 돼. 그게 뭐라고. 나 갈게. 중국집 배달 잘하고."

강진은 모든 게 무너지고 끝났다는 생각이 들었다. 앞이 캄캄했다. 사임이 떠난 뒤에도 단순히 기다리는 게 아니라 대기 중이며, 반드시 올 거라고 믿었는데 그 믿음이 하나는 맞고 하나는 빗나갔다. 그녀가 뜻하지 않게 경찰서로 찾아온 건 맞았지만, 그게 최후의 이별통고를 하러 왔다는 건 꿈에도 생각지 못했다. 강진은 사임이 떠나간 슬픔보다 그녀가 자신을 전혀 사랑하지 않았다는 걸 확인한 게 더 슬펐다. 죽고 싶었다. 떠난 건 사임이지만 아프고 쓰리고 자책을 하는 건 강진이었다.

남녀관계란 그렇게 잔인한 거다. 그러니까 파국이 올 걸 대비해 미리 마음속에 안전장치를 해둘 필요가 있다. 모든 사랑에는 어떤 잔인함이 있다는 거, 어느 순간 배신과 증오로 바뀌는 게 시간문제라는 거, 그게 사실이 아닐지라도 그걸 사실로 만들어버리면 이별의 파국이 왔을 때 덜 상처받기 마련이다. 그걸 마음에 새기고 있으면 이별의 충격과 아픔은 조금 줄일 수 있는 거다. 하지만 강진은 그런 걸 전혀 몰랐다. 순진하게 그냥 사랑했기에 그래서 더 아팠다.

그런 마음을 아는지 모르는지 몇 년 만에 얼굴을 보는 아버지는 강진한테 내뱉듯 뇌까렸다.

“할 짓이 없어 강도하는데 앞장 서냐? 그러려고 이름 지어준 지 알아? 이 멍청한 놈아. 이럴 줄 알았으면 후진이라고 지어주는 건데. 하여튼 얼마나 감방에 있을 진 모르지만 정신 바짝 차려. 깨끗하게 새 사람이 돼서 세상에 나오란 말이야. 에이, 멍청한 놈!”

강진은 새 사람이 되면 뭐가 좋냐고 묻고 싶었지만 묻지 않았다. 물어봤자 뻔한 답을 듣거나 욕만 먹을 게 뻔했다.

강진은 깨끗한 마음으로 새로운 삶을 살면 뭐가 좋을까 하는 생각을 잠시 해보았다.

‘뭐가 좋을까? 으흠, 그래. 다시 타락하고 망가질 수 있는 기회를 얻을 테니까 그건 좋겠네.’

그런 맹한 생각을 하자 쓴 웃음이 저절로 나왔다.

중간의 아버지도 찾아왔다.

“넌 생각이 있는 거냐, 없는 거냐?”

“생각이 있으니까 뭘 해보려던 거였죠.”

“생각을 똥구멍으로 한 모양이다. 아니면 생각하는 걸 잊어버리고 생각했다고 착각했든가. 하긴 넌 옛날부터 생각이 없었어. 짧은 순간에도 많은 생각을 하는 사람이 있는데 어찌된 게 넌 많고 많은 시간에도 생각이 일도 없는 거냐. 생각 잘하고 나와. 앞으로 뭘 해서 먹고살 건지."

그의 아버지가 말을 다 끝냈는가 싶었는데 중간의 귀에 대고 속삭였다.

"괜히 쓸데없이 나서서 앞장서지 말고 무조건 친구들이 하자고 해서 뒤따라간 거뿐이라고 해. 무조건. 엿같은 친구들 때문에 니 인생이 좆 되는 거보다 저런 놈들은 도려내는 게 더 나아. 그게 살 길이야. 알았지? 적당히 눈치보고 중간만 지켜. 알아들었지! 어이구, 이런 꼬라지 보려고 세빠지게 고생해서 키운 게 아닌데."

가장이 자신의 꿈은 다 포기한 채 가족을 먹여 살리는 게 너무 힘들다보면 불평을 늘어놓을 수 있다. 정도가 심하면 가족으로 인한 피해의식까지 생기게 된다. 하지만 힘들다는 불평을 뛰어넘어서 과잉 피해의식이 가지게 되면 가해자가 되는 아이러니를 맞닥뜨린다.

중간은 늑대가 울부짖듯 소리를 질렀다.

"조까! 내뱉으면 다 말인가. 제발 그만해. 내가 아버지한테 뭐 해 달라고 한 적 없으니까 그냥 가. 헛소리 그만 집어 쳐. 엄마 생각하면 정말 나 돌아버리니까 제발 그냥 가라고. 아버진 비참하게 죽을 거야. 누구 한 사람 옆에 없을 테니까."

중간은 그동안 누르고 눌러왔던 울분을 다 토해놓았다. 그런 중간의 모습을 처음으로 본 아버지가 놀래서 혼잣말로 중얼거렸다.

"저 녀석이 미쳤네, 미쳤어. 지 애빌 몰라보고. 그렇게 말하면 니가 뭔가 특별할 거 같지? 그거 꼴값하는 거야. 이럴 줄 알았으면 더 두들겨 패서 인생을 확실하게 가르쳤어야 하는 건데. 에잇!"

중간은 자신의 머리를 벽면에 세게 부딪치며 통곡을 했다. 생전 처음 피를 토하며 우는 울음이었다. 아버지에 대한 미움과 아버지의 그늘을 벗어나지 못한 회한이 뒤섞인 울분이었다. 중간의 울분은 아버지가 아니라 어쩌면 자신에게 향한 것이기도 했다. 미워하면 미워할수록 그건 아버지한테 발목이 잡혀 있다는 증거였다. 더구나 무섭고 미워하면서도 벗어나지 못한 것보다 어쩌면 벗어나지 못한 걸 알리바이로 삼아 허투루 살아온 날들을 모른 척했기 때문이었다.

하득의 아버지도 뒤늦게 소식을 듣고 찾아왔다. 첫마디가 느려터진 충청도 말투로 일장 훈계를 늘어놓았다.

"현실을 꿈으루 대체하덜 말고 꿈을 현실로 이루려고 노력해야 쓰는 겨. 그게 사람 덕목인 겨. 돈 때문에 털려고 했다든데 돈 많다고 성공한 게 아녀. 니 애빌 봐."

"아부진 돈도 읎고 성공한 거도 아니잖여."

"성공과 행복은 다른 겨."

"행복하지도 않잖여. 시시하게 살았음써."

"시시한 거도 전략인 겨. 그거 때문에 내가 아직까지 살아남은 겨. 여직 죽지 않고 목숨 잘 부지해온 게 수지맞은 겨. 그걸 알아야 혀."

"난 아부지처럼 살고 싶지 않여. 앞으론 내 방식대로 살 거니까 아부진 아부지 인생 사셔유."

"부모자식은 천륜인디 그걸 워떻게 끊으려고 하는 겨."

"돈이 읎어서 슬프니까."

"돈이 있으면 읎는 거보다 슬픈 일이 더 많은 겨. 돈 때문에 인생 망가지는 거 한 순간인 겨."

"아부지, 건강하세유."

하득은 인사를 하고 자리에서 먼저 일어났다. 아버지도 더 이상 할 말이 없었다. 말을 해도 그게 말로서 의미를 갖는 게 아니었다. 마주 대하고 있는 부자지간에 멍하니 입을 닫고 있을 수 없기에 그냥 하는 말일 뿐이었다.

아이들 이름을 마음대로 짓는 권력을 누리던 아버지들의 뒷모습은 초췌했고, 쓸쓸했다.

세 친구가 아버지와의 면회를 마치고 유치장 안으로 들어갈 때 TV에서는 세 친구의 젖꼭지에 대한 뉴스가 여전히 보도되었다. 자신들에 대한 뉴스였지만 세 친구는 그게 다른 사람의 이야기 같았고, 피부에 와 닿지도 않았다. 자신들과 상관없는 딴 나라 이야기처럼 들렸다.

연희는 혼자 집을 지키고 있었다. 홍빈은 집에 없었다. 어머니 집에 가서 며칠 지내고 오겠다고 하며 나간 뒤 연락 두절이었다. 전화를 해도 통 받질 않았다. 이전에도 가끔 그런 일이 있어 이내 돌아올 거라고 생각했지만 전화마저 받지 않아 분통이 터졌다. 그래도 다파니 주얼리 숍의 곽 사장한테 농락당한 게 화가 나서 그런 건가 싶어 이해하려고 노력했다.

그런데 홍빈은 어머니 집에 간 게 아니었다. 샌프란시스코로 출국했다. 자신한테는 말 한마디 없이 시어머니와 단둘이 여행을 떠난 것이었다. 그런 사실을 뒤늦게 알고 나니 맥이 빠졌다. 눈물이 나는 게 아니라 허탈했다. 자신은 가족이 아니라 액세서리에 지나지 않았다는 게 분명해졌다. 홍빈이 말한 대로 자신은 심심풀이용 섹스돌이나 마찬가지였다. 그것도 성능이 닳고 닳아 이젠 폐기 직전에 놓여 있는 섹스돌이었다. 어떻게 해야 좋을지 막막했다.

그때 TV 뉴스에서 강진과 중간, 하득의 모습을 보게 되었다. 첫눈에 그들이 누구인지 금방 알아챘다. 먹자골목의 연탄구이 식당이 떠올랐다. 불판을 닦는 것부터 식탁의 기름때를 없애는 일까지 얼마나 많이 부려먹었던가. 순진하고, 착한 친구들을 잊을 수 없었다. 그런데 셋이 다파니 주얼리 숍의 강도 미수사건으로 경찰서에 연행됐다는 게 놀라웠다. 더구나 곽 사장의 사주로 자신과 남편이 털려고 했던 바로 그 주얼리 숍이었다.

연희는 별의별 생각이 다 들었다. 어쩌면 자신들처럼 곽 사장한테 농락을 당한 게 아닌가 싶기도 했다. 진짜 범인을 감추기 위해 연막작전으로 셋을 동원한 게 아닌가 하는 의심이 들었다. 자신들한테는 한마디 말도 없이 다른 녀석들에게 다파니 주얼리 숍을 털게 한 걸 보면 그러고도 남을 위인이었다. 세 친구가 딱하게 느껴졌다. 반가움과 미안한 감정이 마구 뒤섞여 어지러울 정도였다. 어떻게 도와줄 방도가 없을까 생각해봤지만 딱히 떠오르는 게 없었다.

그러다 언뜻 셋이 왜 다이아몬드를 훔치려고 했을까 하는 궁금증이 들었다. 뉴스에서 보도된 대로 젖꼭지 수술비를 마련하기 위해서라는 건 말이 되지 않았다. 여자도 아닌 남자한테 젖꼭지가 무슨 소용이 있다고. 원빈이나 현빈이 젖꼭지 때문에 인기가 있는 건가? 그건 아니지 않은가. 얼굴이 잘생기고 능력이 있으니까 멋

있고, 인기가 있는 거다.

만약에 원빈이나 현빈의 젖꼭지가 한쪽밖에 없거나 아예 없다고 하면 오히려 그게 더 매력 포인트가 될 수도 있다. 남들 다 가지고 있는 흔한 게 아니기에 희소가치도 있을 것 아닌가.

그러니까 뉴스에서 기자가 말한 대로 젖꼭지 수술비를 마련하기 위해서 강도를 한 게 아니라, 자신 때문에 했을 거란 생각이 퍼뜩 들었다. 그와 동시에 십 년 전에 자신이 세 친구한테 했던 말도 생생하게 떠올랐다.

- 근데 난 돼지 코보다 다이아가 더 좋아. 누가 다이아 반지를 준다면 팬티도 보여줄 수 있어. 진짜야.

젖꼭지를 고치기 위해서라는 건 쑥스러워 한 말일 터였다. 연희가 볼 때 세 친구는 자신의 팬티를 보기 위해 다이아몬드를 훔치려고 한 게 분명했다. 팬티를 보기 위해 다이아몬드를 훔쳤다고 하면 놀림거리가 될 테니 젖꼭지 수술비로 둘러댄 게 확실했다.

아직까지 살아오면서 여자도 아니고 남자가 젖꼭지 수술을 받는다는 이야기는 들어본 적이 없었다. 남자의 젖꼭지가 섹스 심벌도 아니고 기능성이 있는 것도 아닌데 젖꼭지가 이상하다는 것 자체가 이해되지 않았다. 무엇보다 자신의 팬티를 보기 위해서 강도를 했다고 하는 것보다 젖꼭지를 고치기 위해서였다는 게 정상

참작의 가능성도 있을 터였다.

연희는 자신 때문에 세 친구가 다이아몬드 강도를 했다는 확신이 들자 더 미안하고 고마웠다. 십 년이 넘었는데도 아직도 자신을 잊지 않고 있다는 게 눈물 나게 고마웠다. 고마운 마음을 꼭 전해주고 싶었다. 당장 옆에 있다면 미니스커트를 슬쩍 걷어 올리고 서슴없이 팬티를 보여주고 싶었다. 아니 다이아몬드를 주지 않는다 해도 기꺼이 보여주고 싶은 심정이었다. 그렇게 추론을 하고 나니 갑자기 조급해지기 시작했다. 뭔가 세 친구에게 해주어야만 할 것 같았다. 그게 십 년 전의 자신을 여전히 잊지 않고 있는 세 친구에 대한 최소한의 예의라고 생각했다.

연희는 세 친구 앞으로 보낼 선물을 준비했다. 선물에 자신의 키스 마크를 선명하게 찍었다. 포장도 예쁘게 했다. 마음에 꼭 들었다. 포장을 끝내고나서 퀵서비스맨을 불러 경찰서에 있는 세 친구에게 선물을 보냈다. 퀵서비스로 선물을 보내고 나니 빚을 갚은 것처럼 마음이 조금 가벼웠다.

연희가 퀵서비스로 보낸 두 시간 쯤 뒤에 세 친구는 경찰서 안에서 바로 물건을 받았다. 선물을 건네주는 형사들은 못마땅한 표정을 지었다. 경찰서에서 조사를 받는 중에 이런 물건이 온 건 처음 있는 일이었다. 그렇다고 당사자에게 전해 주지 않을 수도 없는 노릇이었다. 워낙 언론의 주목을 받다보니 세 친구를 대하는 것도 조심할 수밖에 없었다.

세 친구는 물건을 받고는 뭔가 싫었다. 보낸 사람의 이름이 연희라는 걸 확인하고서는 더욱 이해되지 않는다는 표정이었다. 그야말로 아닌 밤중에 홍두깨였다. 세 친구는 약속을 한 듯이 물건의 포장을 뜯었다.

강진의 눈이 휘둥그레졌다.

"뭐야, 이 노란 빤쓰는?"

중간도 가만있지 않고 한마디했다.

"노란 빤쓰에 키스 마크도 있네."

하득은 키득거리며 말했다.

"내껀 노랑 티팬티여. 이걸로 뭘 어쩌라는 겨?"

세 친구는 서로를 쳐다보며 어이없다는 듯 웃어보였다. 강진이 말했다.

"연희, 그년이 보낸 거네."

중간이 고개를 저었다.

"씨발, 이제 와서 어쩌라고? 놀리는 건가?"

하득의 표정은 조금 진지했다.

"고마워들 혀. 그래도 우릴 잊지 않았다는 증거인 겨. 속옷을 준다는 건 마음을 준다는 거."

세 친구는 노랑 팬티를 손에 들고 잠시 멍했다. 살다보니 빤쓰 벼락을 맞는 일도 생기는 게 세상이었다.

그렇게 해프닝이 끝난 뒤 경찰서 유치장 안은 체육 시간의 교실처럼 조용했다. 벽에 등을 기댄 채 멍한 표정을 짓고 있는 세 친구의 바람은 단 하나였다. 젖꼭지를 고쳐 콤플렉스에서 벗어나 정상적인 삶을 살고 싶다는 거였다. 단지 그것뿐이었다.

그건 처음부터 지금까지 변함없었다. 아주 절실했다. 그런데 며칠 내내 서글펐다. 기이한 젖꼭지 때문에 슬픈 것보다 모든 사람들이 구경거리로만 삼고 있다는 게 더 슬펐다. 절실하게 원한 젖꼭지가 웃음거리로 된 게 비참했다. 그건 어떤 말로도 위로가 되지 않았다. 세 친구가 뉴스 메이커가 됐어도, 다이아몬드를 주지 않았는데도 연희한테서 팬티를 받았어도 마찬가지였다.

하득이 깊은 한숨을 몰아쉬며 말했다.

"나만 그런가?"

강진이 말했다.

"뭐가?"

"불안하고 조금 겁나는 거."

"감방 가는 거 때문에?"

"그게 아녀."

"그럼?"

"감방 가게 되도 감방은 갔다 오면 그만인 겨. 끝이 정해져 있는 겨."

"그게 아니면 뭐 때문이냐고?"

"알 수가 없어 그런 겨. 보이지도 않고."

"뭐가!"

"우리 앞날이."

"푸~우, 우린 공중에 매달린 인생인 거야."

"맞아, 사람이 죽음을 두려워하는 건 죽은 뒤에 어떻게 되는지 모르니까 그런 거잖여. 죽은 뒤에 어떻게 된다는 걸 확실히 알면 두려워 할 이유가 하나도 읎는 겨. 그러니까 이상한 내 젖꼭지가 어떻게 될 건지, 우리가 앞으로 뭐가 될 건지 오리무중이니까 그게 불안하고, 두려운 겨. 감방 가는 건 겁 안나. 끝이 있잖여. 근데 우리 인생은 그게 아니잖여."

하득의 말에 강진과 중간은 거의 동시에 한숨을 내쉬었다. 그때 창문 밖으로 건너편 고층빌딩 옥상에서 켰다 꺼졌다를 반복하는 불빛이 보였다. 항공기 충돌 방지용인 항공 장애등이었다. 선명한 불빛 한 줄기가 항공기를 헛길로 들어서지 않게 하는 것처럼 만약 세 친구에게도 그런 게 있었다면 검은 비니 모자를 쓰고 다파니 주얼리 숍으로 돌진하지 않았을 거다.

불행하게도 세 친구한테는 가족도 사랑도 없었다. 가족이라고 믿었던 아버지들은 남루했고, 더구나 가족관계를 수직적인 서열로만 환산하는 버릇에서 벗어날 줄 몰랐다. 사랑이라고 믿었던 사람도 무능한 자와 관계정리라는 계산서를 내밀었다.

세 친구가 가지고 있는 건 무모한 우정뿐이었다.

그래서인지 세 친구는 다파니 주얼리 숍 강도미수 사건으로 다른 친구가 상처받지 않기를 바라고 또 바랐다. 셋이 약속이나 한 것처럼 똑같은 마음이었다. 친구에 대한 도리였고, 예의이기도 했다.

세 친구는 슬펐지만 좌절하는 건 내일로 좀 미루었으면 싶었다. 며칠 동안 너무 시달렸기에 쉬고 싶은 마음뿐이었다. 지금은 그게 제일 간절했다.

-끝-

새우와 고래가 숨 쉬는 바다

김상하 장편소설

공중에 매달린 사내들

지은이 | 김상하
펴낸이 | 황인원
펴낸곳 | 도서출판 창해

신고번호 | 제2019-000317호

초판 인쇄 | 2022년 01월 17일
초판 발행 | 2022년 01월 24일

우편번호 | 04037
주소 | 서울특별시 마포구 양화로 59, 601호(서교동)
전화 | (02)322-3333(代)
팩시밀리 | (02)333-5678
E-mail | dachawon@daum.net

ISBN 979-11-91215-37-3 (03810)

값 · 13,500원

Publishing Club Dachawon(多次元)
창해·다차원북스·나마스테